今日も誰かの誕生日

二宮敦人

今日も誰かの誕生日

もくじ

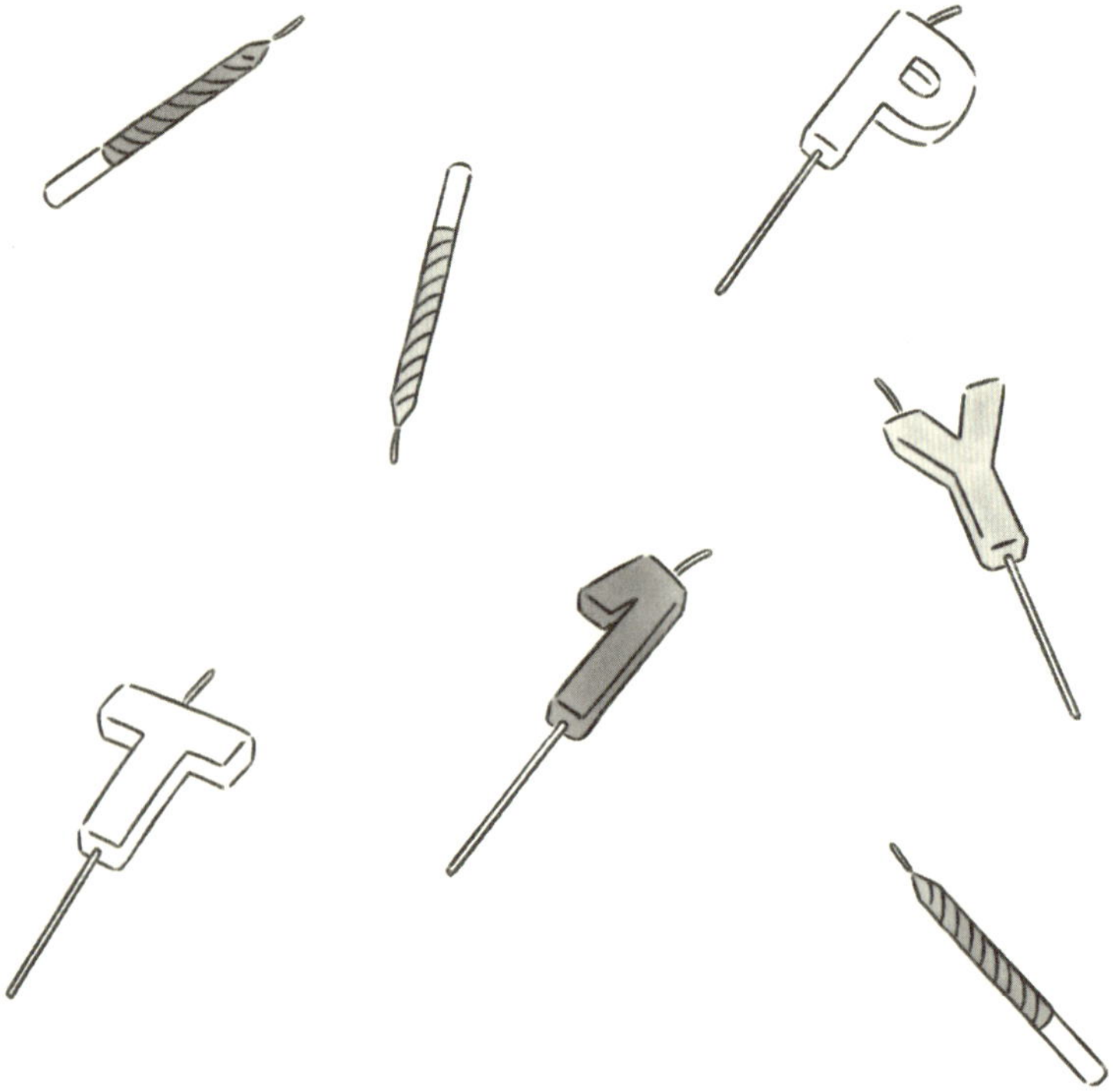

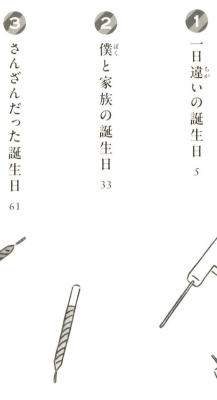

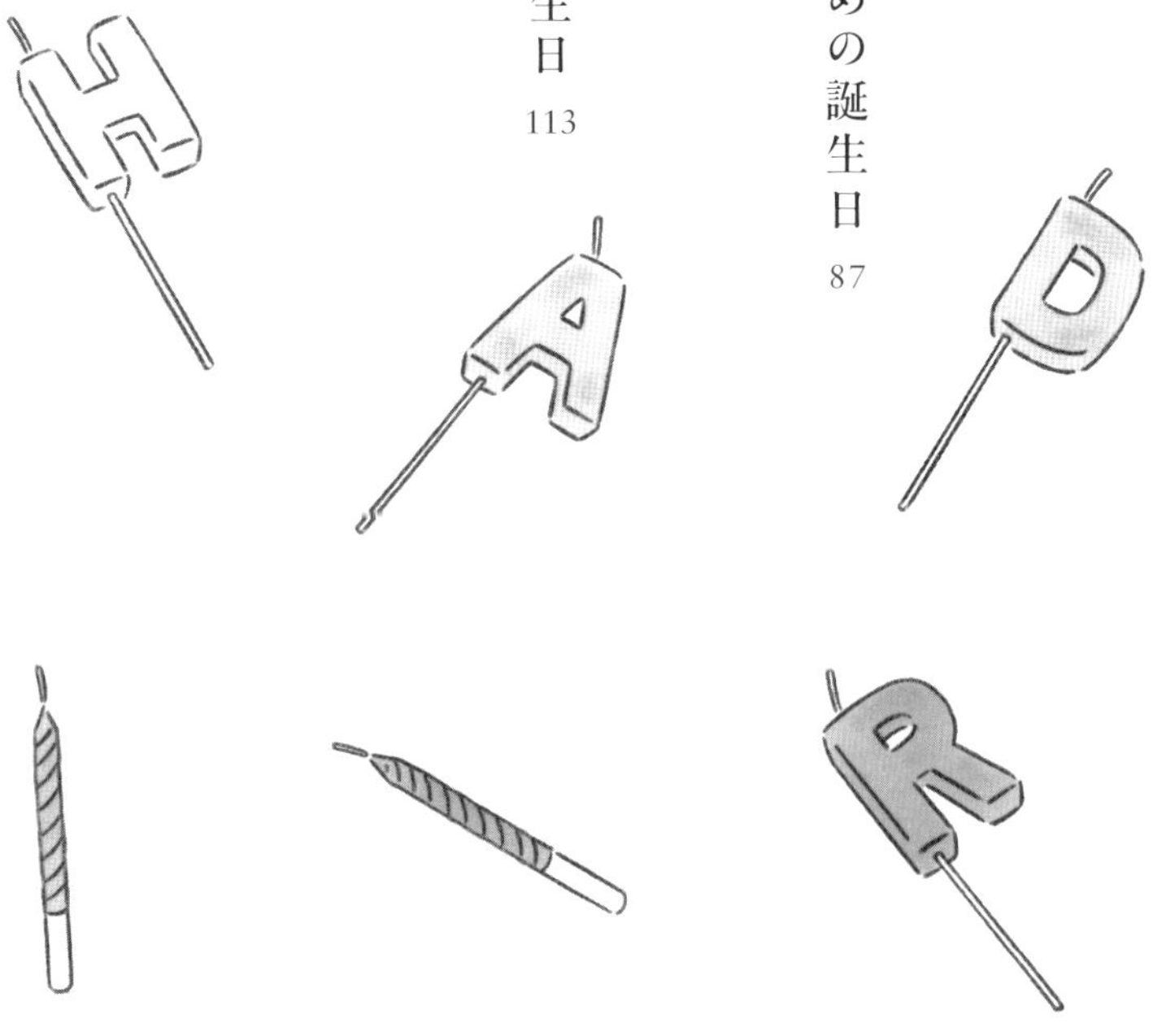

D
A
H
R

1

一日違《ちが》いの誕生日

もう、今度ばかりは、春奈《はるな》は怒《おこ》った。

一晩寝《ね》て起きても、いまだに頭がカッカする。これは我慢《がまん》の限界と言っていい。

春奈は食卓《しょくたく》につくと早速、お皿におかずを並べている母に「高校って、転校できるのかな」と切り出してみた。焦《こ》げ目《め》のついたソーセージが一つ、箸《はし》から滑《すべ》ってテーブルに転がった。

「したいの？」

母が不審《ふしん》そうに覗《のぞ》き込《こ》んできた。ひるまず頷《うなず》く。

「できれば県外に」

母は軽く首を傾《かし》げる。

「なぜ今？　あなた、高校に何日通った？」

「それは……」

ゼロだけど、と語尾をもごもご誤魔化《ごまか》した。

「でしょうね、入学式は来週だもの。寝ぼけてないで、さっさとご飯食べなさい。休みだからってだらけてちゃだめよ。少しは予習なり復習なりしとくこと」

お母さんは何もわかってくれない。

春奈は乱暴に椅子《いす》を引いて席を立った。が、廊下《ろうか》に差《さ》し掛《か》かったところでお腹《なか》がぐうと主張する。仕方がないのでゆっくりターンして戻《もど》り、茶碗《ちゃわん》にご飯を山盛りによそう。目玉焼きをのっけて潰《つぶ》し、醤油《しょうゆ》を垂らしてがつがつとむさぼった。

「そういえば昨日、真紀穂《まきほ》ちゃんが来たわよ」

「え？　何しに」

「様子を見に来てくれたみたい。ちゃんと高校合格の報告、したんでしょうね」

「まだだけど」

「どれだけお世話になったと思ってるの。問題集に参考書、ノートまで、みんなもらったでしょう」

「いらないって言うから、引き取ってあげただけだもん」

「何、変な意地張ってるの。とにかく、改めてお礼するように。また折を見て来るそうだから」

「うげっ」

「うげって、何」

その真紀穂こそが、全ての元凶《げんきょう》だというのに。

「マキ、いつ来るって？」

「そんなの知らないけど」

こうしちゃいられない。春奈は黄身でてらてらと光っているご飯を、一気に口にかきこむ。空になった食器を重ねて、台所へと運びながら叫《さけ》んだ。

「どこかに行ってきます！」

「どこかって、どこ？」

「これから考える」

ため息が聞こえてきたが、構っちゃいられない。

どうしても真紀穂と顔を合わせたくない。そして今年こそは絶対、あいつの誕生日をお祝いしない。してやらないのだ。


家を飛び出すなり、春が体を包み込んだ。暖かい風が優しく頬《ほお》を撫《な》でる。若葉のたくましい香りの中、桜の花びらが目の前を泳いでいく。

わけもなく浮《う》かれそうになる心を引《ひ》き締《し》め直し、春奈はあたりの様子をうかがった。真紀穂の家は通りを二本挟《はさ》んで向こう側。いつ出くわしたっておかしくない。

幸い、ひょろりと細長いあのシルエットは見当たらなかった。

何度も背後を振《ふ》り返《かえ》りつつ、春奈は並木道を進み、高架《こうか》をくぐる。やがて白い塀《へい》に囲まれたオレンジの瓦《かわら》屋根と、大きな梅の木が現れた。お婆《ばあ》ちゃんの家だ。

思わず口元がほころぶ。

ここに避難《ひなん》すれば安心だ。優しいお婆ちゃんと、ふざけんぼなお爺《じい》ちゃんとが待っている。お喋《しゃべ》りしながらテレビを観よう。運が良ければ、お菓子《かし》にありつけるかも。

ほら、もうすぐ門が見えてくる。あの可愛《かわい》らしい陶器《とうき》の表札を見るだけで楽しくなっちゃう。パステルカラーで、お花に縁取《ふちど》られていて、丸っこい文字で「たかやま」と書かれた、まるで絵本から飛び出してきたみたいな——。

しかし、春奈が期待していたものはそこになかった。

代わりに無骨で巨大な板が据《す》え付《つ》けられ、豪快《ごうかい》な墨《すみ》文字で「鷹山《たかやま》部屋」と書かれている。

何じゃそりゃ。

春奈が思うのとほぼ同時に、塀の向こうから声がした。

「ねえ、お婆ちゃん。何で相撲《すもう》部屋風なの。おかしいでしょう」

「ああ、あれね。お爺ちゃんの冗談《じょうだん》なのよ」

「それは知ってるけど。あれでしょ、母さんとおばさんと、二人とも里帰り出産で、同じ時期にお腹の大きな人が出入りしてるのを面白がって作ったんでしょう」

「そうそう」

「そうそうじゃないよ。どうして毎年、この時期に飾《かざ》るの。恥《は》ずかしいよ」

この声、間違《まちが》いない。真紀穂だ。

春奈は門の前で、一人頭を抱《かか》えた。

うぬぬ、なんてやつだ。確かに私のお婆ちゃんは、真紀穂のお婆ちゃんでもある。私のお母さんと真紀穂のお母さんとが、姉妹だからだ。しかし、このタイミングで先回りされているとは。

「可愛い孫が二人も生まれてきて、お爺ちゃんは嬉しかったのよ。こどもの日に鯉《こい》のぼりを飾るような感覚なんじゃないかしら」

「えー、気持ちはありがたいけど、なんか釈然《しゃくぜん》としない……」

春奈はアルバムで見た、赤ちゃんの頃《ころ》の写真を思い出した。

ベビーベッド代わりの大きなテーブルに二人の新生児が乗っけられていて、その横でお爺ちゃんは満面の笑みを浮かべていたっけ。おむつを替《か》えられている写真にも、顔を真っ赤にしてわんわん泣いている写真にも、笑顔で映り込んでいた。

まあ、それはいい。大工の腕《うで》を活かし、余った木材で表札を作ってしまうお茶目さも、今は許そう。

春奈が我慢ならないのは、さも当然のように真紀穂とセットで扱《あつか》われることなのだ。

「それで、今日はどうしたの。マキちゃん」

祖母と真紀穂の会話は続いている。

「うん、春奈がいないかと思ったんだけどね。もしこれから来たら、連絡《れんらく》もらってもいいかな」

「約束してるの？　電話してみたら」

「何回もかけたし、メッセージも送ってるんだけど、返事をよこさないのよ。ここ数日、私を避《さ》けてるみたい」

「あらあら……」

「今日中に捕《つか》まえたいの」

ふいに塀の向こうからの会話が途絶《とだ》えた。

春奈はごくり、と唾《つば》を呑《の》む。どくん、どくんという心臓の音が、相手に聞こえているような気がする。

「事情はよくわからないけど、いとこ同士、仲良くしなさいね」

祖母が優しくそう言った時である。

鞄《かばん》の中で春奈のスマートフォンが鳴り始めた。慌《あわ》てて取り出してみると、真紀穂からの着信であった。

「うわあっ」

叫ばなければ、まだ誤魔化せたかもしれない。が、もはや遅《おそ》かった。

「春奈、そこにいたか！」

壁《かべ》の向こうで何かが動く気配。春奈は一目散に駆《か》け出《だ》した。

「ちょっと、待ちなさいよ」

声に振り返ると、塀の上から真紀穂の顔が覗いていた。確かに目が合った。

春奈は前に向き直り、地面を踏《ふ》む足にぐっと力を込める。

どんくさい真紀穂に、塀を乗《の》り越《こ》えて追いかけるなんて芸当はできないはずだ。足だって春奈のほうがずっと速い。だてに中学三年間、バスケ部で走り込んできていない。

T字路でいったん背後の様子をうかがう。遥《はる》か向こうに追いかけてくる真紀穂が見えた。

待てー、と叫ぶように口を開けている。

「待つもんか」

春奈は呟《つぶや》き、角を曲がってバス通りへと走り出す。


春奈と真紀穂。同じ夜に生まれてきた二人。

幼稚園《ようちえん》の頃までは、二人はいつも一緒《いっしょ》にいたらしい。そのほうが、何かと都合が良かったのだろう。片方の母親が二人を世話し、その間にもう片方が用事をこなすという日は珍《めずら》しくなかったそうだし、時には二人まとめて祖父母の家に預けられたりもした。

「おっ、今日もハルマキ定食一丁だな」

それがお爺ちゃんの口癖《くちぐせ》。

ベビー服も玩具《おもちゃ》も、靴《くつ》も帽子《ぼうし》も、お揃《そろ》いのものが与えられた。たまたま真紀穂が左利き、春奈が右利きだったので、二人の間に鏡を置いたようだったという。

「本当に仲が良かったもんね」

母はよくそう言うけれど、春奈はちょっと違うと思っている。仲が良いから一緒にいたのではなく、一緒にいたから仲が良くなったのだ。

あの頃は、真紀穂がいるのが当たり前だった。

二家族でどこかに出かけ、春奈が昼寝している間に真紀穂たちだけ帰ってしまった日など、わんわん泣いて探し回ったそうである。気づいたら足元から影《かげ》がなくなっていたような喪失感《そうしつかん》を、今でもぼんやりと思い出せる。

玩具を買ってもらう時には「マキちゃんと同じの」「ハルちゃんと同じの」と言いながら決める。レストランではメニューを覗き込み、どちらかが「これでいい？」と聞いて「いいよ」と返す。示し合わさずに注文がかぶることも珍しくなかった。

「どうしても一緒がいいんだね」

大人が笑う理由がぴんと来なかった。二人にとって、ただそれが自然だったのだ。

たぶん、真紀穂も同じ気持ちだったんじゃないかな。

二人はよく手を繋《つな》いだ。お散歩の最中はもちろん、みんなで鬼《おに》ごっこしながらだって。

真紀穂の左手を、春奈の右手が握《にぎ》る。歩幅《ほはば》はぴったり合い、止まったり曲がったりするタイミングまで手に取るようにわかった。

たまに二人いっぺんに転んだりもしたけれど。擦《す》りむいた足よりも、離《はな》れてしまった手のほうが痛い気がしたっけ。

はあ、はあ。

お婆ちゃんの家からずっと走りっぱなしで、春奈は息が上がってきた。真紀穂はまだ追ってきているだろうか。そろそろどこかで休憩《きゅうけい》したいけど。

そういえばこの道も二人でよく走ったな。

真紀穂の長い黒髪《くろかみ》、黄色い帽子、白いうなじ、背中で揺《ゆ》れる幼稚園バッグ。並んで走っていたはずなのに、真紀穂がほんの少し前を行くような気がし始めたのはいつからだったか。

はあ、はあ。もう、だめ。

通りの右手に小学校が見えてきた。春奈は校門の前で立ち止まり、壁に寄りかかって喘《あえ》いだ。額の汗《あせ》を拭《ふ》きながら振り返る。人混みの中に真紀穂の姿はないようだった。一つ強い風が吹《ふ》いて、うすい桃色《ももいろ》の花びらが舞《ま》い上《あ》がり、くるくる回った。

二人が産声《うぶごえ》を上げた時刻には、二時間だけ差があった。

「ほとんど同時みたいなものだよね」

祖母がよく言っていた。娘《むすめ》二人が同じような時期に妊娠《にんしん》したうえに、同じ日に陣痛《じんつう》が来て同じ車で同じ産院に運ばれ、同じ夜に産んだのだから、そう思うのも当然だ。

だけど二時間のうちに、今日と明日をまたぐことがある。日付の中には、ちょっと特別な意味を持つものもあって、たまたま偶然《ぐうぜん》が重なると——二時間の違いは、一年の違いに変わるのだ。

幼稚園では気にならなかった。

組が違っても、運動会で習うダンスが違っても、行き帰りは同じ道だったし、園が終われば同じように遊んでいたから。

どうも何かが違うと気づいたのは、六歳《さい》になる頃である。

オレンジ色のランドセルを背負った真紀穂を見て、春奈は母に聞いた。

「ハルのランドセルはいつ来るの?」

「来年だよ。その時には一緒に選びに行こうね」

真紀穂は四月一日生まれ、春奈は四月二日生まれ。三百六十五日もあるうちの隣《とな》同士。だけど社会においては、その間には大きな区切りがある。

校門から少し離れた道端《みちばた》に自動販売機《はんばいき》を見つけて、春奈は吸い寄せられるように近づいた。ボタンを押《お》して、スマートフォンをかざす。楽器を鳴らすような小気味よい音。出てきたみかんソーダを手に取り、蓋《ふた》を開けて飲んだ。

口の中で炭酸が弾《はじ》け、果汁《かじゅう》が体中に染み込んでいく。

一息ついて、春奈は校舎を見上げた。教室に貼《は》られた標語や黒板が、窓越しに見える。昔よりも小さくて可愛らしい建物に感じた。

入学式の日、着慣れない服を着て、大きなランドセルを背負って、灰色の校舎に見下ろされた時の不安を忘れられない。靴箱のところで両親と別れてからは、泣き出しそうなのを必死にこらえていた。先生に促《うなが》されるまま教室に入り、割り当てられた席につく。机の表面を撫でると微《かす》かに木の匂《にお》いがして、椅子にお尻《しり》を乗せると固い座面がひんやりした。少しよそよそしい感じは、机たちも緊張《きんちょう》しているからだと思った。

周りは知らない顔ばかり。澄《す》ましている子もいれば、俯《うつむ》いている子もいる。どこを向けばいいのかわからず、指で指をいじる。早く帰りたい。そう思っていた時だった。

「ハル」

囁《ささや》くような声に顔を上げる。扉《とびら》の隙間《すきま》に、見覚えのある姿。真紀穂だった。にっこり笑って、こちらに手を振っている。

「マキ」

胸にじわっと温かいものが広がっていく。目が合ったのを確かめると、真紀穂は頷き、どこかに行ってしまった。ただそれだけだったが、どれだけ元気づけられたことか。入れ違いにやってきた先生に名前を呼ばれて、元気いっぱい返事ができた。

その頃からだ。だんだんと、真紀穂が春奈の姉貴分になっていったのは。

縄跳《なわと》びといえば前跳びしか知らない春奈に、二重跳びというスゴ技を教えてくれた。もう覚えたからと、お風呂《ふろ》の壁に貼る九九暗記表をくれた。

あの頃は、自慢のいとこだったんだよな。

みかんソーダの残りは半分。蓋を閉めてペットボトルを小脇《こわき》に抱え、春奈は小学校の隣に広がる公園へと歩いていく。

真紀穂のおかげでクラスでは一目置かれるようになり、一学年上にも知り合いが増えた。一つ年上の友達は、初めはずいぶん大人に見えたけれど、すぐにはしゃぎまわって一緒に遊ぶ仲になった。

その中に、尊《たける》もいた。

足が速くて、日焼けしていて歯が白くて、仲間想《おも》いの尊。鬼ごっこで春奈が追っかけられていると、いつも大げさに叫んで走ってきては、鬼を引き付けつつ遠ざけてくれた。その間に春奈はこっそり隠《かく》れるのだ、そう、こんな感じの茂《しげ》みなんかに——。

「ハル」

「ぎゃあっ！」

すぐそこの茂みから、にゅっと真紀穂の顔が飛び出してきて、飛び上がるほど驚《おどろ》いた。

「もう逃《に》がさないよ」

「どうして」

完全に振り切ったはずなのに。

「今さら家には戻らないだろうし、駅前で時間を潰すほどのお金もなさそうだし、この辺で待ってたら来るかなって」

そうだった。真紀穂は頭脳プレーで追《お》い詰《つ》めるタイプ。鬼にすると意外な強敵だったものである。

「ハル、人のこと露骨《ろこつ》に避けて、どういうつもり？」

いつもはおっとりしている真紀穂が、眼光鋭《するど》く春奈を見据える。思わず目を逸《そ》らしてしまった。

「誕生日は一緒に祝おう、って決めたよね。これまで毎年、今日か明日のどちらかを、二人で過ごしてきた。別にそれは、やってもやらなくてもいいんだけど……説明もなくただ逃げ回るなんて、嫌《いや》な感じ。卑怯《ひきょう》だよ」

春奈も睨《にら》み返《かえ》す。

「卑怯なのはどっちさ」

「えっ？」

きょとんとする真紀穂。話していて涙《なみだ》が滲《にじ》んできた。

「たった二時間、先に生まれただけのくせに。いつまでも偉《えら》そうにしないでよ」

「私は別に、そんな」

「マキはいつもそうなんだ。私が一年生の時は二年生で。六年生になったら中学生。追いかけて、追いかけて……ようやく追い付いたと思ったら、また先に行っちゃうんだ。一人で勝手に。この悔《くや》しさ、あんたにわかる？」

溢《あふ》れそうになる涙を裾《すそ》で拭き、春奈は叫んだ。

「絶対、わかるわけない！」

そして困惑《こんわく》顔の真紀穂に背を向け、再び走り出した。

「わかるよ。今、そうだよ！」

背後から足音が追いすがってくる。春奈の分は悪い。涙で前がよく見えないし、みかんソーダのペットボトルも握っている。ああ恨《うら》めしい、炭酸が抜《ぬ》けてしまうのを気にして全力疾走《しっそう》できない、己の貧乏性《びんぼう》が！


制服を着た真紀穂を見た時の衝撃《しょうげき》は忘れられない。小学六年生の春奈は立《た》ち尽《つ》くして、しばらく動けなかった。急に女の子から、女性に変身したかのよう。すらりとした足に映《は》えるハイソックス、涼《すず》し気《げ》な眼差《まなざ》しに艶《つや》やかな黒い髪。よく見ればいつの間にか身長も頭一つ分の差がある。

「差は二時間だけだったのに」

どうしてこうも違うのか。

「同じオムツ穿《は》いて。はあ、はあ。同じテーブルに寝かされてたのに！」

走りながら、必死に春奈は叫ぶ。

「さっきから、はあ、はあ。何の話なの」

真紀穂も喘ぎながら言い返してくる。

「マキばっかり、ずるい。はあ、はあ。頭が良くて、お上品で、しっかりしてて……はあ、はあ。私にかなうところ、ないじゃん」

「何それ？　はあ、はあ……運動ならハルのほうが、得意でしょ」

すでに二人は息も絶え絶え。走っているというより、よろめくように歩いているだけだ。

行く手に川が見えてきた。散歩中の犬が驚いて飛びのき、道をあけた。

「マキは、委員長にも、選ばれてたよね。みんなから、はあ、頼《たよ》りにされてる。私が担ぎ出されるの、教室にゴキブリ、はあ、出た時くらいだよ」

「虫、取れるの、すごいじゃない。私、怖《こわ》いもの」

ぜえぜえと肩《かた》で息をする真紀穂。

「そういうとこが、もう、ずるい。虫が怖いなんて、可愛いもん。だいたい昼休み、中庭
……小説、モテ。バスケ、ダメ」

昼休みに中庭で小説読んでるらしいじゃない。結局そういう女の子がモテるんだよ。バスケが上手くたって、ちっとも振り向いてもらえない。

「そんなの、人による。何」

そんなの人によるでしょう。本当、何の話をしてるの。

もはや会話すらままならない。二人は暗号のように言葉を交わしながら、堤防《ていぼう》の階段を降りていく。

行きついたのは河原の手前、雑草が濃《こ》く生い茂ったあたり。これ以上進めなくなって、春奈は尻餅《しりもち》をついた。すぐ後ろで真紀穂も膝《ひざ》をつき、もう無理、とぼやいている。

あたりに人の姿はない。昨日降った雨のせいだろう、川幅は広がり土砂混じりの水が勢いよく流れていた。

遥か先の鉄橋を、急行列車が渡《わた》っていく。音と振動《しんどう》が過ぎ去った頃合いを見て、春奈はぶちまけた。

「尊君、言ってたもん。マキのそういうところが好きになったって」

ようやく呼吸も落ち着き、舌が良く回った。

「そばにいたいし、守ってあげたくなるって」

真紀穂が息を呑む気配。

「約束したよね。抜け駆けはなしにしようって。だからバレンタインのチョコだって、わざわざ連名にして渡した」

真紀穂に背を向けたまま、春奈は続けた。

「それなのに、マキだけがホワイトデーにお返しをもらって。告白までされた」

「ハル、私は」

「別にいいよ！　私が選ばれなかったのをどうこう言うつもりはないの。二人が幸せならそれでいい。でもね、もう、うんざり」

涙がぽろぽろ、零《こぼ》れて落ちた。

「尊君、私に話すんだ、マキのこと……二年生でも同じクラスになりたいとか、知らないよ。ずっと私は蚊帳《かや》の外、妹みたいな存在のまま」

声が震《ふる》える。鼻をすすり、裾で涙を拭《ぬぐ》った。ゆっくりと背後に向き直る。

「だから私、マキと一緒はやめる。もう、何もかも一つ先に行かれるのは嫌なの。ただ誕生日が一日違うだけで、惨《みじ》めな気持ちになりたくない」

思いっきり憎《にく》らしい表情を作って、顔を上げた。

どうだ。己の罪を思い知れ。

だが、真紀穂の顔を見た瞬間《しゅんかん》、恨めしさはどこかへすっ飛んでいった。

「何さ。自分ばっかり……」

真紀穂は眉間《みけん》に皺《しわ》を寄せ、口をへの字に結んでいる。握った拳《こぶし》は震えていた。充血《じゅうけつ》した目から、今にも涙が溢れそう。

「私がどれだけ苦労したかわかる？　運動は元々苦手なのに、小学校低学年の頃は遅生まれの子と体格が一回り違ったんだよ。マキはいつも一等賞で、私はびりっけつ。そこまで足の速さ変わらないのに。それだけじゃない。ハルと一緒に遊んでて何かしでかしたら、大人に怒られるのはいつも私だった。一学年上だからって、全部責任、押し付けられた」

真紀穂の口から、機関銃《きかんじゅう》のように言葉が飛び出してきた。

「ハルは幼稚園が終わってすぐに遊べるのに、私は学校の宿題をやってた。ハルが楽しそうに部活していても、私は高校の受験勉強をしないとならなかった。たった一日の差で。別にいいけどね、どうせいつかやるんだから。でもハル、私と同じ塾《じゅく》に行って、成績伸《の》びたってね。それ、私があちこちの塾に行って、評判確かめたからだってわかってる？　私が均《なら》した道を呑気《のんき》に歩いてるくせにさ、文句が多すぎるよ！」

涙が引っ込んだ。

呑気なんかじゃない。春奈は懸命《けんめい》に睨み返す。でも、真紀穂のほうも案外人変らしい。思わず目線を逸らしてしまう。怒《いか》りは急速にしぼみつつあった。

おーい、嬢《じょう》ちゃんたち、けんかはよしなあ。

向こう岸で釣《つ》り竿《ざお》を垂らしているおっちゃんの、どこか間延びした声。

春奈はため息をついた。

「マキの言いたいことはわかったよ。でも尊君のことは、私……」

「告白なら断った」

「え？」

俯いたまま、真紀穂は小さな声で言う。

「お菓子にお花を添《そ》えて手渡しされて、付き合ってくださいと頭を下げられたら、わからなくなったの。彼《かれ》の言う好きと、私の好きって同じものかどうか。釣り合っているのか、噛《か》み合《あ》っているのか、はっきりしないまま、前に進んでいいのか」

「それで、断ったの？」

頷く真紀穂に、春奈はただぽかんと口を開くばかり。

「そんなの、とりあえず付き合ってから考えればいいのに」

「ハルだったら、そうだろうね。そういうところ、ずる……羨《うらや》ましいよ」

しばらく二人は見つめ合った。

「私たち、全然違うね」

ぼそりと春奈が言うと、真紀穂が首を横に振った。

「そうだけど、すごく似てもいるよ。同じ夜に生まれて。同じ性別で。同じ街で同じ学校に通って、母方の祖父母が同じで。同じ男の子が気になっていて、えーとそれから」

そのあとに春奈が続けた。

「お互《たが》い、誕生日が一日違う相手を、羨ましがってる」

くすっ、と真紀穂が笑い、つられて春奈も笑った。ぽろりと涙が一滴《てき》、頬を伝った。

さんざん振られたみかんソーダがしゅぽんと音を立て、注ぎ口からシャンパンのように溢れ出る。

まるでこの瞬間を待っていたみたいだった。


二人はその夜、もう一度河原で落ち合った。

「マキ?」

「ハル。こっち」

街灯が微かに照らす中、それぞれスマホのライトを振って合図する。

「川の方、危ないから近づかないでね。ハル、おっちょこちょいだから」

「わかってるよ、うるさいな」

引っ切りなしに水の音がして、盛んに虫が鳴いている。

「ケーキ、持ってきたよね」

真紀穂に聞かれて、春奈は袋《ふくろ》を掲《かか》げてみせた。

「もちろん。ぎりぎりまで冷蔵庫で冷やしといた」

袋から紙箱を取り出し、平たい石の上に紙のお皿を並べる。ケーキを二つ、フォークを二つ、そして紅茶のペットボトルが一本ずつ。

「赤いチェリーが載ってて、チョコクリームのほうが私だよね」

「そう。緑のアンゼリカにマロンクリームが私」

ふふっ、とどちらからともなく笑った。そっくりだけど、結構違う。本当に私たちみたい。街の洋菓子屋さんは、リクエストにばっちり応えてくれた。

「こんな時間に家を抜け出すの、初めてだからドキドキしたよ」

「でもマキ、やっぱり頭いいね。このお祝いの仕方なら、納得だもの。対等だし、相手も自分もいっぺんに祝える」

「どうかな。親にバレたら大目玉だから、どちらかと言うと頭悪いと思う……時間は？」

春奈は腕時計《うでどけい》を確かめる。

「あと少し」

片方が腰《こし》を下ろすと、もう片方も雑草の上に座り込んだ。

「私たち、仲直りしたのかな。それともまだ喧嘩《けんか》中？」

「うーん……わからない。曖昧《あいまい》」

「ふふっ、そうかも」

そう、境界線はあるようで、ない。ないようで、ある。

「あと一分」

「そろそろ準備しようか」

「うん」

二人は立ち上がる。何となく準備運動に屈伸《くっしん》してみたり、伸びをしてみたりする。

「ちゃんとタイミング合わせてよ」

「わかってる」

「高すぎたらだめだから。ちょうどいいくらいにね」

「そっちこそ、身長差の分加減してよ」

「十秒前からカウントダウン、お願い」

「オッケー。行くよ、十、九、八……」

目に見えない、今日と明日の境目が近づいてくる。四月一日と二日、二人の境界線。まるで縄跳びの縄のように、ぐんぐん近づいてくる、気がする。

「三、二、一、せーのっ」

二人は思いっきり地面を踏んで、跳び上がった。

「お誕生日、おめでとう！」

夜空にハイタッチの音が響《ひび》き渡《わた》った。

2

僕《ぼく》と家族の誕生日

「えっ、自分で自分の誕生日パーティーをするの？」

そのクラスメイトはよほど驚《おどろ》いたらしい。素《す》っ頓狂《とんきょう》な声を上げて、弘志《ひろし》を見つめる。クラス中の目が集まってきた。

「自分で、というか。父さんと一緒《いっしょ》に準備するんだ。一人だと大変でしょう？　少しは手伝いたくて」

弘志はちょっと恥《は》ずかしそうに俯《うつむ》く。帰り支度を終えた生徒の何人かが、そばにやってきた。

「それってちょっと寂《さび》しくない？　うちも家族全員で準備するけど、お誕生日の人は何にもしなくていいことになってるよ」

それがきっかけとなり、話に花が咲《さ》いた。

「うちは毎年、みんなでお金出し合って焼肉屋に行く」

「俺《おれ》は誕生日パーティーなんて恥ずかしいな。もう高校生だもの、放って置いてほしい」

「パーティーはしないけど、親戚《しんせき》から電話がかかってくる。あと、小遣《こづか》いがもらえる」

中でも一人の言葉に、弘志は反応した。

「うちは母がケーキ焼くの。紅茶のシフォンケーキ」

そう言った子をじっと見つめ、弘志は瞬《まばた》きする。

「母親の、ケーキ……」

「おいおい、ちょっと待てよ」

室内に、委員長の声が響《ひび》いた。

「こういうのは、人それぞれの事情があるだろ。それを寂しいとか恥ずかしいとか言ったら、失礼だぞ」

なあ、と委員長がこちらを見る。弘志は微笑《ほほえ》んだ。

「でもみんなの話、興味あるよ」

「興味ある？」

「うん。特に母親のシフォンケーキとか。どんなのかなって」

「普通《ふつう》のシフォンケーキだけど。ふわふわのやつ」

「へえ、いいなあ」

「変なところに食いつくね、弘志君」

弘志は一つ頷《うなず》いて言う。

「昔からずっと気になってるんだ。母親って、どういうものなのか」

教室が静まり返った。何人かが困ったように顔を見合わせる。それでも何人かが言葉を継《つ》いだ。

「ちょっと難しい話」

「母親ねえ。母親は、母親だよね」

ふと弘志は教室の掛《か》け時計《どけい》を見て、慌《あわ》てて席を立った。

「あ、僕、そろそろ行かなくちゃ。またね」

鞄《かばん》を持つと、あくびまじりに歩き出す。


ちょっと古びた団地の三階。香ばしい匂《にお》いが、廊下《ろうか》まで漂《ただよ》ってくる。弘志が扉《とびら》を開けると、ぱちぱちと揚《あ》げ物《もの》をする音が聞こえてきた。

「ただいま」

「おー、帰ったかあ、あち、あち、あち！」

油と一緒に飛《と》び跳《は》ねているのは、弘志の父だ。ひょろ長くてやや猫背《ねこぜ》。今日はゆるゆるのTシャツにジャージとラフな格好だが、普段はスーツでビシッと決めている敏腕《びんわん》会社員、のはずである。

「唐揚《からあ》げ、どっちゃり作ってるからな。手を洗ったら、サラダを頼《たの》むぜ」

「はーい」

鞄を置いて、手を洗ってうがいをして、弘志はエプロンを身に着ける。相変わらず、あち、あちと騒《さわ》いでいる父の後ろを通り、冷蔵庫を開けた。

「あ、立派なピーマン」

「八百屋に寄ったら、でっかいのが安かったからさ。今、旬《しゅん》なんだって。ピーマン、好きだろ?」

「好き好き」

深緑に艶《つや》めくピーマンを、弘志は袋《ふくろ》ごと取った。瑞々《みずみず》しい感触《かんしょく》。一緒にキャベツやニンジン、玉ねぎも取り出していく。奥《おく》には馴染《なじ》みの洋菓子《ようがし》屋の箱が陣取《じんど》っているのも見えた。きっと弘志の好きなチョコレートケーキが入っているはずだ。

野菜をまな板に載《の》せて包丁で刻む。小気味のいい音。まとめてボウルに入れてから、缶《かん》詰《づめ》のとうもろこしを混ぜ、塩をまぶしてしばらく置く。ぎゅっと握《にぎ》って水気を切り、砂糖、酢《す》、油とあえて、コールスローサラダの完成だ。

手が空いた弘志は何気なく壁《かべ》に目をやった。テレビ台の周りは殺風景なままである。

「あれ、飾《かざ》りつけはまだ?」

「そうなんだよ、時間なくてさ。お願いできるか」

「うん」

「お前の誕生日だ、盛大に頼む」

弘志は頷くと、廊下を歩き、引き戸を開けた。そこは父の書斎兼《しょさいけん》、物置になっている。ええと、どこにしまったっけ。いつも場所が曖昧《あいまい》になってしまう。毎年のことだから出しっぱなしでもいい気はするが、それはだめだと父は言う。そういうものかもしれない、と弘志も思う。

戸棚《とだな》をかたっぱしから開けていき、ようやく木彫《きぼ》りの写真立てを見つけた。表面のアクリル板についていたごみを指でそっと拭《ぬぐ》うと、写真の中で母が笑っていた。

白い日傘《ひがさ》のよく似合う、おとなしそうな女性だ。どこか線の細い印象。膨《ふく》らんだ大きなお腹《なか》に両手で触《ふ》れている。場所は牧場、後ろにはこっそりカメラ目線の馬。母の隣《となり》で白い歯を見せて笑っている、アロハシャツに長髪《ちょうはつ》、顎髭《あごひげ》の男性が、父だ。

一つ頷き、弘志は写真立てを大切に抱《かか》えた。棚に手を突《つ》っ込《こ》み、さらにいくつか必要なものを取り出す。当時の母子手帳。弘志のへその緒《お》が収められた木箱。そして、茶封筒《ちゃぶうとう》に入った手紙。

封筒には「もし私が死んじゃったら」と題がつけられている。ちょっと切ない気持ちになるのはわかっているが、それでも弘志は毎年、この手紙に目を通す。

弘志くんへ

もうすぐ予定日です。お腹の中の君と、会える日がやってきます。私は死ぬ気なんてこれっぽっちもないけれど、出産にはリスクがあるそうです。だから万が一、自分の口で伝えられなかった時に備えて、これを書き残しておきます。

こんにちは。

ずっとそばにいたけれど、一応、初めましてだね。孝弘《たかひろ》くんと二人で暮らしていただけなのに、いつの間にか君がやってくることがわかって、とっても不思議な気持ちになったよ。どこから、何をしに来るんだろうって。次に不安になった。自分が親で、いいのかなって。まだまだ未熟だし、世界のこともよくわからない。働いて、生きるだけで精一杯《せいいっぱい》だから。ただ、君より先輩《せんぱい》なのは事実。だから孝弘くんと相談したんだ。せっかくうちに来てくれるんだから、精一杯のおもてなしをしようって。

あ、そんなに上等なことはできないよ。別にお金持ちでもないし、物知りでもないからね。でも、私たちの好きな食べ物や音楽なんかを紹介《しょうかい》しようと思ってる。お気に入りの場所にも案内したいな。気に入らなかったら申し訳ないけれど、頑張《がんば》って自分の好みのものを探してね。そのお手伝いくらいなら、できるかもしれないから。

君がどんな人で、どんなものが好きなのか、私はまだ何にも知らない。でも、これだけは言っておきたいな。

ようこそいらっしゃい。楽しんでいってね。ここは別に完璧《かんぺき》な世界ってわけじゃないけれど、うんざりする日もあるけれど、笑って過ごせる日もたくさんあるんだ。少なくとも私は、もうしばらくここにいたいと思っているよ。あなたにたくさんの幸運を。

孝弘くんへ
私がここにいたい理由は色々あるけど、中でも大事な一つはあなたがいるから。ありがとう。弘志くんのおもてなし、よろしくね。私もできるかぎり、手伝いたいな。
由紀《ゆき》より

弘志は手紙を丁寧《ていねい》に折《お》り畳《たた》み、そっと封筒に戻《もど》した。

軽く瞬きすると、まつ毛が揺《ゆ》れた。もう一度じっくりと写真を眺《なが》めてから、手紙、へその緒、写真を大事に運び、テレビ台の横にある棚に飾った。

「ほれ、できたぞう」

声に振《ふ》り返《かえ》ると、唐揚げを山盛りにした大皿を父が持ってくるところだった。大量の茶色い塊《かたまり》の脇《わき》に、申し訳程度にパセリとレモンが添《そ》えられている。

「これ、何キロ揚げたの」

「三キロ。足りないかな？　弘志、いっぱい食うだろ」

「多すぎるような」

「余ったら冷蔵しておけば大丈夫《だいじょうぶ》。多いってことは、それ自体がご馳走《ちそう》だからな！」

豪快《ごうかい》に笑う父。そのエプロンは油はねだらけだ。苦笑しながら弘志は飾りつけを続けた。

HAPPY BIRTHDAY、と書かれたバルーンを膨らませて壁に貼《は》りつける。ずいぶん昔に百円ショップで買ったものだけど、カラフルで可愛《かわい》らしい。折り紙をハサミで細長く切り、輪っかにして繋《つな》げ、周囲を彩《いろど》る。

少し遠目に見てバランスを確かめ、弘志は一人頷く。

いい感じになってきたぞ。

その間、父はせっせと料理をテーブルに運んでいた。

唐揚げ、サラダ、フルーツ盛り合わせ、アジの南蛮漬《なんばんづ》け、クラッカーにチーズを載せたもの。色とりどりの食材や食器のおかげで、部屋が華《はな》やかになってきた。

ふと、気配を感じて弘志は窓から外を見た。いつの間にか灰色の雲が空を覆《おお》い、しとしとと雨が降っていた。

「さあて、一段落ついたな。お茶でもいれようか、弘志」

「うん」

父と向かい合ってテーブルに座る。

ここに母さんがいたら、もっと賑《にぎ》やかだろうな、と思った。

紅茶をすする二人。穏《おだ》やかな時間が流れていく。漂う湯気が、父の眼鏡を少し曇《くも》らせた。

「弘志。今日、何歳《さい》になる？」

「十七」

「そうか。早いなあ」

カップを置いて、父は微笑んだ。

「お前、いいやつに育ってくれたな。由紀ちゃんも喜んでるよ、自慢《じまん》の息子だって」

しみじみと安堵《あんど》するように言った。

「そうかな」

「ああ。反抗期《はんこうき》もほとんどなかったじゃないか。いいのかお前、それで。父さん、何があっても受け止める覚悟《かくご》してたんだけど」

「自分じゃわかんない。反抗したくなったらするよ」

「そっか」

父は母の写真をじっと見つめ、目を細める。しばらくそのまま、優しい笑みを浮《う》かべていた。

「ねえ、僕が生まれた時って、どんな感じだったの」

「そうだなあ」

懐《なつ》かしそうに宙を見上げる父。

「今みたいに雨が降ってた。朝から由紀ちゃんは、ちょっとお腹が痛いかも、なんて言ってたね。そろそろじゃないか、と僕たちはそわそわしてた。で、焼肉を食べに行った」

「えっ？」

「肉を食べると陣痛が早く来る、って聞いたらしいんだ。迷信かもしれないけど。行ったのは大通りのじゅうじゅう亭《てい》。カルビにロースに、タンにレバー……ずいぶん食べたなあ。由紀ちゃんはハラミが好きでね、五皿は注文したと思う。二人とも腹いっぱいになって、わかめスープを半分こして飲みながら、子どもが生まれたらなかなか外食もできなくなるのかな、なんて話した。そうしたらいきなりだよ、『あ、痛い』って言い出してね」

父が腕時計《うでどけい》を確かめた。

「それがちょうど、うん。十六時くらいだ」

弘志も何となく掛け時計を見る。

十七年前の今日、この時間、何かが始まった。母がいて、父がいて、弘志もそこにいた。

「由紀ちゃんは冷静でね。『これくらいの痛みなら、まだだと思う』なんて言うんだ。一方の僕は大慌て。ついに来たか、タクシー呼ぼうか、お義母《かあ》さんに連絡《れんらく》しようかって、あたふたしちゃって。由紀ちゃんは『必要になったら言うから、とりあえず帰ろう』って」

「それで家に帰ったの?」

「そうだよ。それも傘さして、歩いてね。タクシー呼ぼうよと何度も言ったんだけど、いらないって言い張るんだもの。だけど途中《とちゅう》で、そう八百屋さんの前くらいだったかな、だんだん痛みが強くなってきたんだ。病院に電話してね。『もう少しかかるかもしれませんね』とか、『今は分娩室《ぶんべんしつ》が空いてるから来てもいいですよ』とか、そんなことを言われた。バス通りでタクシー捕《つか》まえて、産院に向かったよ。お義母さんに電話をかける手が、震《ふる》えた」

軽く椅子《いす》に座り直す父。

「到着《とうちゃく》して受付に話をするなり、由紀ちゃんは分娩室に通された。いったん僕は廊下に出て、着替《きが》えるように言われてね。隅《すみ》っこに自動販売機《はんばいき》があるんだ。帽子《ぼうし》とか服とか、給食当番でつけるようなやつを売ってるの、『立ち合い出産セット』ね。五百円玉を入れて買い、カーテンの陰《かげ》で身に着けた。用意ができて分娩室に行くと、由紀ちゃんもパジャマのような分娩着に着替えていて、ベッド……じゃなくて分娩台に仰向《あおむ》けになって、下腹にセンサーをつけられてた。横のキャスターに機械がこう、載っかっていた。数字が表示されていて、グラフが印刷された紙が、ちょっとずつ出てくる。心電図みたいな感じさ」

だんだん、身振り手振りを交え始めた。

「陣痛ってね、規則的に来るんだ。痛がって、治まる、この繰《く》り返《かえ》し。もちろん横で立ってるだけの僕にはわからないよ、でもセンサーが反応する。少しずつ数字が上がっていって……ピーッと音が鳴る。同時に由紀ちゃんが苦しみ出す。目を閉じて歯を食いしばり、必死に何かをこらえている。息が荒《あら》くなる。額に脂汗《あぶらあせ》が浮かぶ。助産師さんが飛んでくる。赤ちゃんの生まれてくる道が開いているか確認して、『まだ二センチですね』とか言って、どこかに行っちゃう。十センチくらい開かないと通れないんだって。しばらくすると痛みは治まっていく。僕はほっとして、由紀ちゃんにも笑顔が戻ってくる。ちょっとお喋《しゃべ》りなんかしたり、お茶を飲んだり。また十分くらいで、数字が上がっていく。あ、来た、と僕は口をつぐむ。数字はぐんぐん上がっていって、色が緑から赤に変わる。僕が息を呑《の》む前で、由紀ちゃんが苦しみ始める。これが何度も続く。波が寄せては返すように」

真剣《しんけん》な表情。

「少しずつ、間隔《かんかく》が短くなっていく。僕は感じたよ、何かが近づいてくるのを。何って、もちろん出産なんだけれど、どう言ったらいいか。もっと畏怖《いふ》すべきもの……深い海の底、生まれる前の子どもたちが住んでいる世界があって、普段は分かたれている。近づいているのはその世界なんだ、由紀ちゃんはそこに手を伸《の》ばしているんだ。世界が重なる時が近い。それは日食のようにほんの一瞬《いっしゅん》しかない。だから向こう側とこちら側とで示し合わせて、道を開く。由紀ちゃんは目を閉じるたび、暗い危険な海に潜《もぐ》って、扉に触れて、また帰ってくる。息つぎをしたらもう一度、潜って、また扉に手を触れる。向こうから響くノックの音を聞いて、こちらからもノックをする。扉の手触《てざわ》りを確かめながら、向こう側と呼吸を合わせる。そこに行けるのは由紀ちゃんだけなんだ。僕は岸辺で見守るしかできないんだ」

父は頭を掻《か》いた。

「こんな言い方をしたら、由紀ちゃんには『勝手に美化しないで』って怒《おこ》られるだろうなあ」

苦笑いしながらも、続ける。

「そのうち、痛みの間隔がほんの一、二分になった。道が九センチくらい開いた、そのくらいから助産師さんがずっとそばにいるようになった。由紀ちゃんはね、力を入れていきみたがってた。でも、『いきまないでください』『力を抜《ぬ》いてください』って言われるんだ。僕は横で邪魔《じゃま》をしないようじっとしているだけさ。由紀ちゃんの手を握って、摑《つか》まれたらそっと握り返していた。掌《てのひら》にすごく汗をかいていたよ……たぶん、僕の汗もあったろうけれど」

「力を抜くの？　入れるんだと思ってた」

「入れるべきタイミングまでは抜くんだって。由紀ちゃんは『まだですか、まだ？』って何度も聞いていた。普段はもの静かな子で、声を荒げたところを見たことがない。喧嘩《けんか》しても、こっそり一人で泣いているような人でね。その由紀ちゃんが、『まだ!?』と大声で怒鳴《どな》るんだ。目を血走らせて、声をかすれさせて。『まだです、力を抜いて』と言われて、ふうーっと深呼吸して、懸命《けんめい》に言うとおりにしていた。その頃《ころ》、お医者さんもやってきた。助産師さんと二人、真剣な顔で様子を見ている。そして、ついにその時が来た」

時計はもうすぐ十七時を示そうとしている。まだ外は明るいが、やけに静かだ。

『今です、いきんでください』と言われた。由紀ちゃんがお腹に力を込める。そして、唸《うな》った。初めは、『ふううううっ』くらいだったのが、『ウオオオオッ』というようなものに変わっていった。獣《けもの》の声だよ。あれが人間の声だなんて信じられなかった、ましてや由紀ちゃんの声だなんて。でも、顔を赤くして吠《ほ》えているのは、紛《まぎ》れもなく彼女《かのじょ》だった。分娩室に唸り声が響《ひび》き渡《わた》る。地の底から轟《とどろ》く魔物のおたけび。ついに扉が開いた。間近でその声を聞きながら、僕は、怖《こわ》くて怖くて……」

父の手は、微《かす》かに震えていた。まつ毛に光が見える。

「どうして始めちまったんだろう、そう思った。こんなに恐《おそ》ろしいことだと知っていたなら。リスクはあるってわかっていたのに、大した覚悟もなく、何となくずるずる来てしまった。周りのみんなも『おめでとう』と言うばかりで。いいことなんだと、正しいんだと、大丈夫なんだと、思い込んでここまで来ちまった、騙《だま》されたと思った、でも今さら引き返せやしなかった！」

両手を強く握り込んだ。目に涙《なみだ》が浮かんでいる。

「お医者さんがメスを持った。水が吹《ふ》き飛《と》ぶような音。白衣に、床《ゆか》に、血が飛んだ。僕はただ祈《いの》りながら、恐ろしい声でうめく由紀ちゃんの手を握りしめるばかり。自分の頼《たよ》りなさときたら。大岩を糸一本で引き留めようとするよう。連れて行かないでください。由紀ちゃんは僕の大切な人なんです、どうか、お願いだからそっちに連れて行かないでください。僕は何度も心の中で繰り返した」

父の言葉が途切れるたび、カチ、カチと秒針の音が聞こえる。

「お医者さんが叫《さけ》んだ。分娩室に別のお医者さんが、看護師さんが、次々に入ってくる。何が起きているのか僕にはわからない、たくさんの人に遮《さえぎ》られて見えない。いつの間にか声は止まっていた。由紀ちゃんは眉間《みけん》に皺《しわ》を寄せ、目を閉じたまま項垂《うなだ》れている。お医者さんが汗だくで何かしている。ふと、何かを両手で摑《つか》み上げた。僕は最初、それが何だかわからなかった。ぐにゃっとしていて、小さくて、生々しくて……『泣かない？』『泣くはず』そんな声で、やっとその何かが、赤ちゃんだってわかった。しばらくして、微《かす》かに、弱々しく、溺《おぼ》れながらむせ返るような感じで、産声《うぶごえ》が上がった」

父は一つ鼻をすすり、腕時計を確かめて、弘志を見た。

「十七時二十六分。君が生まれた」

弘志はごくんと唾《つば》を呑み込んだ。

わからない。どうして母はそこまでして、どこかから自分を連れてきたのか。おかげで今ここに弘志として生きているけれど、その危険に見合う人間だとも思えない。

誰《だれ》もがそうやって、ここに来たのだ。どんなに強くて立派な人でも、最初は弱くて小さくて、誰かが命をかけてこの世に連れてきた。虫も殺せないくらい優しい人でも、母親だけは傷つけた。弘志の母だって、そのまた母によって、産まれたのだ。

考えれば考えるほど、弘志にはわからなくなる。

母とは、何なのか。どういうものなのか。なぜ会ったこともない誰かに、命がけで会いに行けるのか。

「あの時、僕は思ったんだ」

父は一つ息を吐《は》き、ハンカチで目元を拭うと、また元通りにっこりと笑った。

「この日は、弘志が生まれてきた日だけど、それだけじゃない。僕たちを家族にしてくれた日。家族の誕生日だって。だからそのつもりでお祝いしたいし、いちばん頑張ってくれた由紀ちゃんを、ねぎらう日にしようと」

玄関《げんかん》で気配がした。かちゃかちゃ、鍵《かぎ》を差し込み、回す音。ドアを開けようとしてつっかえる。父が立ち上がり、大きな声で言った。

「鍵、開いてるよ、由紀ちゃーん！」


「あーっ、疲《つか》れたあ」

母はどっかと椅子に腰《こし》を下ろすと、鞄から缶ビールを四本も取り出した。テーブルの上を感心したように眺めて頷く。

「すごいご馳走だし、飲むしかないわね。孝弘もいる？」

「僕はまだいい」

「そう。じゃ、私はさっそく」

飲み口を開けてぐいっと呷《あお》り、ぐびぐび喉《のど》を鳴らしてから、ぷはっと大きく息を吐いた。

堂々としたその姿を見て、弘志はいつも思う。線の細い印象だった写真の中の女性は、どこに行ってしまったのかと。

「あー、美味《おい》しい。やっと人心地ついた」

「今日は早かったね。安産だったの？」

父がキッチンでスープを温め直している。

「いやいや、全然。子宮口三センチから進まなくなっちゃう人、あれこれ注文が多い人、救急車で運び込まれてきた人、もう大変だよ。でも何とかきりがついてね、交代できたの」

豪快に笑ってから、母は弘志を優しい目で見つめた。

「今日のうちに誕生日をお祝いできて、ほっとしてる。おめでとう、弘志」

その穏やかな声はまぎれもなく、あの手紙を書いた人だと感じる。

父が鍋《なべ》を運んできた。その赤い目を指さして、母は大げさに叫んだ。

「あーっ。また、泣いてた」

「何だよ。別にいいじゃないか」

「よくない。どうせ出産は奇跡《きせき》だとか、母は偉大《いだい》だとか、弘志に話してたんでしょう」

「だって僕はあの時本当に怖くて、心からそう思ったんだもの！」

「奇跡で生まれりゃ楽だし、偉大なら苦労しないっての。お産ってのはどこまでも現実的で、地道なんだよ。孝弘ってたぶん、私が主婦やめて助産師になったの、出産で人生観が変わったからだと思ってるでしょう」

「え、違《ちが》うの」

「違うよ。ただ、人手が足りなくて大変そうだったから、手伝おうと思っただけ」

「理由、それだけ?」

「こんなに崇高《すうこう》な理由、ないでしょう」

弘志は自然と微笑んでいた。二人の話も、食い違い方も面白かった。

「さあ、じゃんじゃん食べて飲んでね」

パーティーが始まった。めいめいが料理に箸《はし》を伸ばし、飲み食いする。父はオーディオセットで音楽を流し、母は踊《おど》るような足取りで冷蔵庫からワインを持ってくる。

弘志は両親をじっと見つめた。

父はまだわかるのだ。どこか自分に似ている気がするし、あんなふうに働く姿が想像できる。わからないのはやっぱり母だ。

彼女は一歳の子どもをおぶって専門学校に通い、泣く子に授乳しながら勉強して、弘志が小学校に入る前には助産師になっていた。それからは働きづめ。かなりハードな職場らしい。突然《とつぜん》夜中に呼び出されたり、朝方に帰ってきて昼まで寝《ね》ていたり。ほとんど顔を見ないような日も少なくない。

この小さくて華奢《きゃしゃ》な体のどこに、そんな力が眠《ねむ》っているのだろう。

ふと両親の会話が途切れた時、弘志は聞いた。

「母さん、どうして僕を産もうと思ったの？」

二人がこちらを向いて黙《だま》り込《こ》む。

「それは……」

母は首をひねる。「聞いてみたい、聞いてみたい」と父はテーブルに肘《ひじ》をつき、身を乗り出して答えを待つ。

「何か、気づいたらそういう話になってた」

父が脱力《だつりょく》し、テーブルに額をぶつけた。

「由紀ちゃん、もうちょっと何かないの？　僕たちの愛の結晶《けっしょう》だとか、運命のお導きだとか」

「いや、特に。人生ってそういうものだと思うけど。気づいたら人間だったとか、大人だったとか、女だったとか、親だったとか」

「自覚するのが遅《おそ》すぎるよ、由紀ちゃん！」

「うるさい、バイタルの取り方一つ知らないくせに。ほれ、飲みなさい」

「いいとも」

突き出されたグラスを受け取り、カチンと合わせると、二人でワインをぐいぐいと呷り始めた。なんだかんだで仲がいい。父と肩《かた》を組み、赤くなった顔をこちらに向けて、母が言った。

「弘志、誕生日おめでとう」

ジュースの入ったコップを手にしたまま、弘志は頷いた。

「ありがとう、母さん」

「弘志、私はね。行き当たりばったりで生きてきたけれど、決して何も考えなかったわけじゃないよ」

黙って弘志は頷く。母は続けた。

「いつもその時、明るいと思う方へ、真っ直ぐ進んできたの。そうしたら君に会えたんだ」

はっと弘志は息を呑んだ。

決死の覚悟で暗い海の底へと潜り、異界への扉をノックする母のイメージが、がらりと変わる。明るく光差す方へ、期待に胸を膨らませながら、母が手を差し伸べていた。そして、光の中からおそるおそる現れた赤ちゃんの小さな手を、ぎゅっと握りしめる。

弘志は瞬きし、父と母とを交互《こうご》に見た。

「だから弘志も、その時その時で、行きたいと感じる方を目指せばいいんだよ。大丈夫、だいたい何とかなるから」

にっこりと笑う母。その隣で父も頷き、弘志を優しく見つめている。

そうかも。何も今、全てがわからなくたっていいのかも。

母にも、なぜ母になったのかわからないように。自分も、なぜ彼らの息子なのかわからないまま、息子の弘志をやっている。そうして長い時間をかけて、母は母になり、弘志は弘志になっていくんじゃないか。

弘志は笑った。

「母さん、父さん、ありがとね」

父は感極まったのか、少し涙ぐんでいた。それから大きな声で何度もおめでとうと叫び、景気よくクラッカーを鳴らしてくれた。

ふと、弘志は窓の向こうに広がる夜空に目をやった。いつの間にか雨は止み、お月様が浮かんでいる。夜は暗くもあり、明るくもあった。

いつか自分も誰かと出会い、子どもを作るのだろうか。命をかけて誰かと会いに行く人の手を、傍《かたわ》らで握るのだろうか。

わからない。生きるって、わからないことだらけ。未来に少しだけ思いを馳《は》せた、十七歳最初の夜だった。

3
さんざんだった誕生日

誕生日の朝って、ちょっとこう、うきうきするよな。

今日はおれの日だ、って気分。

そりゃあ、もう子どもじゃないからよ。プレゼントがもらえるだとか、夕飯はトンカツだとか、そんな期待はしないぜ。だいたいおれ、アパートに一人暮らしだもん。近くに祝ってくれる家族や友達もいないからな。だけど、スマートフォンのカレンダーに「二十六歳《さい》の誕生日」って表示されてるのを見ると、こんなおれにも何かいいことがあるんじゃないか、そんな気がしてくるのさ。

だけど、朝起きてトイレに行ったのが、ケチのつき始めだった。

うんうん唸《うな》っても、なんにも出てくる様子がない。それなのに、腹《はら》がやけに痛いんだ。もう家を出なきゃならないんだが、腹の下のほうを押《お》さえたまま動けない。焦《あせ》ったよ、今日も予定がたっぷり入ってる、おれが行かなきゃ話にならねえ。エアコンの取り付け工事、社長一人にやらせたら、あの人またギックリ腰《ごし》になっちまうよ。

しゃあねえ、とおれは下剤《げざい》の瓶《びん》の蓋《ふた》を開けて、錠剤《じょうざい》を飲んだ。これですぐに楽になるはず……なのに、どういうわけか立ち上がれなくなっちまった。腹が痛すぎて息がしづらいんだ。横になっても、仰向《あおむ》けになっても、ちっとも楽にならない。なんたるざまだ、小学生じゃあるまいし。情けなくて、おれ、泣きそうになってきた。

社長に電話してさ、ぶっちゃけたよ。

「腹がいてえんです、すっごくいてえんです。ちょっと遅《おく》れそうです」

そうしたら社長、「遅れるのは構わんが、それより病院行ったら」だと。

「いや、腹がいてえだけだから大丈夫《だいじょうぶ》です」

「動けねえってのは、普通《ふつう》のハライタじゃあんめえ」

「いえ、普通のハライタです」

そう言い張って電話を切った。しばらくやせ我慢《がまん》してたけど、痛みは増すばかり。歩いて病院に行く気力もなくてさ、ふとこのまま死ぬんじゃねえかと怖《こわ》くなったわけ。

おれ、初めて119番にかけたよ。ほんの一瞬《いっしゅん》で相手が出た。おっさんの声だ。

「火事ですか、救急ですか」

「腹がいてえんです、とってもいてえんです」

腹痛くらいで大げさな、と怒《おこ》られるかと思ったけど、おっさん、優しかった。動けますか、住所を教えてください、お名前は、年齢《ねんれい》は、いつ頃《ごろ》から症状《しょうじょう》がありましたか、なんて丁寧《ていねい》に聞いてくれた。おれ、どうやったら治りますかって聞いた。診断《しんだん》しないとわかんねえらしい。そうですかって電話切ろうとしたらもう、外からサイレンが聞こえてきた。

うそだろ、おい！

おれ、真っ青だよ。なんていうか、大事にする気はなかったのに。あっという間に、ドカドカ救急隊員が入ってきてさ。担架《たんか》かついでんだぜ。このまま病院に連れて行くと。おれ、ふらふら歩いてさ、台所からレトルトカレーの空袋《からぶくろ》持ってきた。何でかって？

「昨日の夕食です、一袋で米二合食ったんです、こいつで腹を下したに違《ちが》いない、病院で分析《ぶんせき》するのに必要です」って、保険証とかと一緒《いっしょ》に大事に胸に抱《かか》えて、離《はな》そうとしなかったらしいぜ。その時はそう信じてたんだろうな。痛みのあまり、アホになってた。

そのまま担架でレッツゴーだ。アパートの大家さんや、隣室《りんしつ》のじいさんが目を丸くして見つめてんの。おれ、どうしていいかわかんなくて、気づかないふり。ニュースの見出しが見えたね。「お騒《さわ》がせなカレー男、問われる救急車利用のモラル」ってさ。

車内では汗《あせ》が止まんなかった。ぬぐってもぬぐっても、額に噴《ふ》き出《で》てくる。シャツの背中はぐっしょりだよ。おれ、救急車の中で謝り通し。汗ごめんなさい、ごめんなさいって。こないだ「汗が垂れているから次から担当してほしくない」って、アンケートに書かれたんです。でも、汗が出るのは暑いからで、暑いのはエアコンがないからで、エアコンつけるためにおれ、呼ばれたわけで。なんかおかしくないっすか、あの客。そんなことを喚《わめ》くおれに「そうだねそうかもしれないね」って救急の人は優しかった。

そのうち救急車が止まった。

近くのでっかい病院に着いたんだ。ストレッチャーで運ばれた先に、若い医者がいた。

最初から不機嫌《ふきげん》そうだった。おれをちらっと見るなり、吐《は》き捨《す》てるように言いやがった。

「あのねえ、言っとくけど。腹痛程度で救急車を使わないでほしいんだよね」

おれ、恐縮《きょうしゅく》しきり。「すいません」ってかき消えそうな声で言った。医者のやつ、雑な感じでおれの腹に手を当て、ぐっと押しこんだ。いてえ。歯を食いしばっていると、ふーんって呟《つぶや》いてから言いやがった。

「急性の盲腸炎《もうちょうえん》かな。手術になると思います。あとよろしく」

そんで、ダラダラ歩いてどっか行きやがった。代わりに小太りの看護師がどこからともなく出てきてさ、おれを車椅子《くるまいす》に乗《の》せ替《か》えた。


病院に辿《たど》り着《つ》いて安心と思いきや、こっからがまたひどいんだわ。

腹の痛みは、ますます強くなる一方でよ。声が出ちまうんだ、無意識に。うーん、うーんなんてもんじゃないぜ、あがー、うおーっていう唸り声だ。とにかく痛みをこらえるので精一杯《せいいっぱい》、他のことを考える余裕《よゆう》なんてなかった。

異様なありさまだったろうなあ。

待合室のみんなが、ちらちらこっちを見てたもん。小太りの看護師は時々様子を見に来ては、気の毒にねえ、すみませんねえってオロオロしてた。おれも別に困らせるつもりはないんだけどよ、いてえもんだから、どうしようもなかった。

機械で腹の中を透《す》かして見ないと、本当の原因がわからんのだと。で、わかってからでないと痛み止めも出せないんだと。じゃあ早く検査してくださいよって話なんだが、その検査室に今並んでるんだと。

要するに順番待ちが長いんだ。百人は言い過ぎかな？　何十人かいたのは間違いない。「佐々木《ささき》さん、どうぞお」って間延びしたお姉さんの声がする。はいはい、とじいさんが別のじいさんとの会話を切り上げて立つ。じいさん、きびきびしてるし、元気そうに見えるわけ。少なくとも腹を押さえて車椅子をガチャガチャ揺《ゆ》らしてるおれよりは、よっぽど。

そりゃあさ、みんなちゃんと予約して来てるんだろうよ。割《わ》り込《こ》もうとしてるのはおれなわけ。でも、こんなに苦しんでるんだからさ、譲《ゆず》ってくれたっていいじゃんか。医者だってもう少し融通《ゆうずう》利かせてくれよ。みんながみんな、示し合わせておれに意地悪しているような気がしたよ。

どれだけ時間が過ぎたかなあ。

人がだいぶ減ってさ、あたりが静かになってきた。おれもすっかり疲《つか》れちゃって、口をパクパクして喘《あえ》ぐだけ。痛みは変わんねえよ、むしろ強まってた。騒ぐ体力が残ってないのさ。まだ呼ばれない。だんだん日が陰《かげ》ってきてよ。時計を見たら、もう四時、夕方の。

おれ、しょんぼりしちゃった。

看護師さんが頭を下げるんだ。もう少しですから、今調整していますから、ごめんなさいねって。この人だけだよ、親切にしてくれたのは。だから、ぽろっと言っちゃった。

おれ、今日、誕生日なんです。

きょとんとしたあと、何と答えたらいいかわからないって顔してた。

その時、気づいたんだ。ああおれ、ずっとそう言いたかったんだって。救急隊員にも、あの医者にも、じいさんたちにも。特別扱《あつか》いしてほしいってわけじゃないけどさ。だって誕生日だぜ。一年に一度だけの、おれの日なんだぜ。今日くらい、いいじゃんか。ちょっと優しくしてもらったって……。

世界って、冷たいんだな。

結局、検査してもらって、痛み止めをもらったのがようやく夜の五時だ。もうへろへろでさ、気力が失せちゃってぼうっとしてたよ。

検査の結果、手術が必要だってわかった。どうやら腹膜炎《ふくまくえん》になりかけていて、もっと早く処置すべきだったらしい。それを聞いた時にはさすがにイラッときたね。

最初の医者の見立てが甘《あま》かったわけじゃねえか、何が救急車を使うなだ、ふざけんな……ただ、怒《いか》りはあっという間に萎《しぼ》んでいった。どうでも良かった。何だろうな、あの気持ち。やぶれかぶれでさ。

そのあとも手術室が空いてないからって、いくつかの病院を延々、たらい回し。結局、とある病院に行き着いたんだけど、もう言われるがままだったね。内視鏡で手術します。はい。全身麻酔《ますい》します。はい。しばらく入院になります。はい。もう、好きにやってください。刺身《さしみ》にでも天ぷらにでもしてください。どうせなら、とことん痛めつけてくれ、みたいな気分だった。そのほうがせいせいすらあ。心置きなく、何もかも大っ嫌《きら》いになれるからよ。

今思えばさ。その時すでに、世界はおれに笑いかけてたのかもな。

だってあの病院に入院したおかげで、ばあちゃんに会えたんだから。あ、ばあちゃんと言っても、別に親戚《しんせき》ってわけじゃないぜ。文字通りの、どこの何者ともわからぬ「ばあちゃん」だ。

ベッドで目覚めた時の混乱は忘れられねえ。

確か手術室に運び込まれて、マスクみたいなやつをかぶせられて、あっという間に意識が飛んで……思い出せるのはそこまでだった。

カレンダーの日付が変わってた。カーテンの向こうから日差しが差し込んでた。腕《うで》に点《てん》滴《てき》の管が繋《つな》がってた。

起き上がろうとしたら、腹が突《つ》っ張《ぱ》る感じがして、痛みが走った。昨日は腹の奥《おく》が痛かったんだが、今度は表面のほうだな。おそるおそるパジャマをめくってみたら、包帯でぐるぐる巻きにされていた。

その日は立ち上がる気力もなくて、ひたすら寝《ね》るか、起きても天井をぼうっと見ているだけだった。便所も行く必要がねえんだよ。なんか管が突っ込まれてて、看護師さんが始末してくれるんだ。

二日目くらいから、だんだん最初の医者を恨《うら》むくらいの元気が出てきた。

あのヤブ医者、許してなるものか。顔は覚えた。ここを退院したら工具箱担いで、家に乗り込んでやる。そんで、やつの目の前でこう、スパナを振《ふ》り上《あ》げて……家中のエアコンを取り外してやったって罰《ばち》は当たるめえ。

そんなことを延々考えてたね。そのうち腹が減り出した。きゅうきゅう音が鳴って、ひもじいんだ。一日目は絶食で、他の入院患者《かんじゃ》が食ってるものの匂《にお》いを嗅《か》ぐだけ。二日目の夜、やっとお盆《ぼん》に三つのお椀《わん》が載《の》って出てきた。おれ、もうわくわくしながら蓋を開けたらよ、驚《おどろ》いちまった。

全部水！

正確に言えば一つは重湯《おもゆ》、一つはおつゆ、一つはりんごジュースだった。具らしきものは米粒《こめつぶ》一つ浮《う》いちゃいねえ。それでもないよりマシだけどよ、侘《わび》しいもんだったな。

立ち上がって、談話室に行ってみようと思ったのは、三日目からだ。

「もう悪いものは取ったからね。あとは良くなる一方だよ」

先生にもそう言われて、色んな管も抜《ぬ》いてもらったしな。何よりおれ自身、日増しに気力が漲《みなぎ》ってくるのを感じてた。嫌味《いやみ》を言いやがった最初の医者とは違って、ここの先生には本当に感謝してる。

手すりに頼《たよ》りつつ、ゆっくりと廊下《ろうか》を歩いた。足にどうも力が入らないから、震《ふる》えながらだ。談話室に人気はなかった。つけっぱなしのテレビが一台、自動販売機《はんばいき》が一台、絵本が詰《つ》まった本棚《ほんだな》が一つ。おれはテーブルのところまで歩いて行って、ゆっくりと椅子に腰を下ろし、一息ついた。

とりあえず自力でここまで来られたことに、満足したよ。

その時だった。思わず目を見張った。

おれ以上にぷるぷる震えながら、一人のばあちゃんが談話室に入ってきたじゃねえか。ゆらゆらしながら給茶機でお茶を汲《く》んで、よろよろとテーブルに向かう。おいおい大丈夫か、手を貸してやろうにもこっちもふらふらだから何もできねえ。心配でじっと見つめているおれの前にばあちゃんは座ると、うまそうにお茶を飲み、ふうと息を吐いた。

「あんた、ずいぶんふらついてたけど大丈夫かい」

「いやいやいや、こっちの台詞《せりふ》だから！」

思わずそう言うと、おかしそうに笑う。

よくわからんばあちゃんだった。でも、何だか話しやすくてさ。それから談話室で会うたび、お喋《しゃべ》りするようになったわけ。


なんかさ、お互《たが》い都合が良かったんだ。

ばあちゃんは一人でじっとしてると咳《せき》が出るとかで、おれの話を聞いていると少し落ち着くらしかった。おれはもっぱら、気を紛《まぎ》らわすために話してた。

というのも、腹が減って仕方なくてさ。

全部が液体、の衝撃《しょうげき》の食事が出たのは一日だけで、メシの内容は少しずつ良くなっていったけれど、それでも不満だった。まず、量が全然足りねえの。それからメニューがさっぱりしたものばかりで、脂《あぶら》っ気《け》に欠ける。夢に出てきたくらいだぜ、天ぷらだの唐揚《からあ》げだの、シュークリームだのショートケーキだのが。

ただぼうっとしてると空腹に耐《た》えられなくて、暴れそうになる。だからばあちゃんと話す時間は大切だった。

まあ、そう大した話はしてねえよ。

天気がいいだの悪いだの、好きな食べ物やら、趣味《しゅみ》やら、一緒に相撲《すもう》見てあーだこーだ言ったりもしたな。その中で一つ、印象に残ったやり取りがある。

年齢の話になったんだ。ばあちゃんの年を聞いたらはぐらかされたけど、おれはつい数日前に一つ年を取ったこと、そしてさんざんだった誕生日の話をした。ばあちゃんはとぼけたような顔で「気のせいかねえ」と言った。

「あんた、朝から晩まで痛がってただけみたいだね」

「それで合ってる」とおれは項垂《うなだ》れて続けた。

「おれ、誕生日だからって浮かれるのは、もうやめるよ。よく考えてみれば、年齢が一つ増えるだけの日じゃねえか。めでたくもねえし、楽しくもねえ。祝う必要もねえ。なあ、ばあちゃんもいまさら誕生日を祝ったりしねえだろ」

「確かに誕生日をことさら心待ちにはしなくなったね」

「やっぱりそうだよな。もう子どもじゃないんだから、キラキラ光り輝《かがや》く誕生日なんて、ありえねえんだ」

そうしたら、ばあちゃん、首を横に振った。

「いやいや。むしろ、毎日が光り輝くようになってね」

「え？」

「だから誕生日に限らず、いつもめでたくてね。一体いつお祝いしたらいいのやら、わかんなくなっちゃう」

おれは少し戸惑《とまど》ったよ。ばあちゃんの目、大真面目でさ。説教っていう感じでもなし、当たり前のように言うもんだから。

「年取ると、そんなふうに考えるようになるのか？」

「さあ、いつからかねえ。いつの間にか、そう思うようになったね」

「だけどばあちゃん、肺の病気なんだろ。それ、落ち着くことはあっても完治はしねえって言ってたじゃないか」

「そうだね」

おそるおそるおれは聞く。

「それでも、毎日がめでたいのかよ」

ばあちゃんはにこっと笑って頷《うなず》いた。

「そうだよ」

へえ、と相づち打つしかできなかった。


まあ、そんな日々も一週間そこそこだった。

なんと、おれより先にばあちゃんの退院が決まったんだ。いいことだけど、寂《さび》しくなるなあって思ったよ。おれもだいぶ元気になってきたから、早く退院させてくれと先生にお願いしたんだけど、あと数日は様子を見なけりゃならんのだと。ままならないもんだ、と思いつつ診察室から戻ってきたら、ベッドサイドのテーブルに小さな白い箱が置いてあった。よく見ると、洋菓子屋《ようがし》らしきロゴがついてるじゃねえか。おれがきょろきょろしていると、同室の人が教えてくれたよ。ばあちゃんが娘《むすめ》さんと一緒に挨拶《あいさつ》に来て、置いていったらしい。短い手紙がくっついていた。

「仲良くしてくれてありがとう。体調も安定してきたので、これからは鎌倉《かまくら》の主治医にお世話になります。なかなか会うこともなくなりますが、お元気で。お誕生日、残念でしたね。代わりと言ってはなんですが、ごく普通の今日という日に、あなたにお祝いのケーキを贈《おく》ります」

急いで病院を飛び出して探せば、ばあちゃんを捕《つか》まえられたかもしれねえ。だけどおれ、そうしなかった。そこまでの体力はなかったし、受付に見咎《みとが》められるし……いや、すまん、それは言い訳だな。実は、その……頭の中がケーキでいっぱいになっちゃってさ。口の中、涎《よだれ》が溢《あふ》れんばかり。

夢にまで見たシュークリームとショートケーキだ！

嬉《うれ》しいのなんのって。その場で箱を広げ、手づかみでかぶりついたよ。うまかったなあ。体中に染《し》み渡《わた》っていくみたいだった。

もぐもぐしながら、やっちまった！と思ったね。間食禁止って言われてたんだよ。ばれやしねえと思ってたんだが、その日の午後、看護師さんにこう、お腹をぐいって押されてさ。毎日何度か、触診《しょくしん》されるんだ。おれは見たよ。ん？と看護師さんが首を傾《かし》げるのを。あれは完全にばれてたね。冷や汗出た。呆《あき》れたような顔して、黙《だま》っててくれたけど。

ばあちゃんにケーキのお礼、言ってねえ。

そんなことが妙《みょう》に気になり出したのは、退院してからだった。

すっかり良くなって元気いっぱい、先生や同室の患者さんにお礼を言って懐《なつ》かしの我が家に帰ってさ、すぐにでも働くつもりだったのに。

社長が心配してさ、言うんだよ、お前は少しゆっくりしろと。仕事の波も落ち着いてるから、無理して出てこなくていいと。平気だって言ってんのに……。

仕方ないから一週間、休みをもらった。

けど、特にやることもなくてよ。だらだらしているうちに、ふとばあちゃんの顔が頭に浮かんできたってわけなんだ。

鎌倉の主治医にお世話になるって話だった。なら、そのあたりに住んでるのかもしれない。住所も連絡《れんらく》先も知らないけれど、行ってみようかと思った。会ってお礼ができたらそれでいいし、会えなくてもばあちゃんの住んでいる街の空気、吸ってみたかった。

おれ、その日のうちに財布だけ持って、電車に乗った。ぼーっと車窓から外見て過ごして、鎌倉駅で降りた。来てみたはいいものの、どうすりゃいいのかわからねえ。適当に歩き出した。

松が生えててよ、古びた家がぽつぽつあって、遠くに鳥居が見えて、面白い景色だったよ。仏像とか神社とか観光スポットもあるみたいだったけど、おれ、それほど興味なし。海の方に向かってぶらぶらと歩いていった。ふと先が開けて、白い砂浜《すなはま》が広がった。吹《ふ》き抜《ぬ》けていく風が気持ち良くて、立ち止まった。

ビーチに人影《ひとかげ》はほとんどない。波がそっと寄せては返してる。どこまでも続く空と海。とんでもない量の水。おれの住んでいる星、こういう星だったのかあってね、ため息出た。

海沿いに点々と店が並んでてよ。釣具《つりぐ》屋だの、飯屋だの、喫茶《きっさ》店だの。ちょうど腹が減ってたから、近くの飯屋に入って、海鮮《かいせん》定食を注文した。八百円。客はおれ一人でさ。席は開けっぱなしの窓の前。海が目の前に広がってんだ、風がそのまま入ってくるんだ。お椀を持ち上げて口に運ぶ。まるで海をすくって飲んでいるよう。

口の中にふわり、温かいスープが広がった。

潮汁《うしおじる》ってやつだな。魚や貝をぶち込んで作った、よくある汁物。だけどその瞬間、ぐわっとこう、一気に来た。

うっめえなあ、これ。

喉《のど》を鳴らして飲み込んだ。

何だこりゃ。めっちゃくちゃ、うめえぞ。八百円は安すぎないか。

体が回復してきたからなのかな。長いこと病院食ばかり食ってたからか。とにかく感動の味でさ。だけどこんな勢いで食べたら、すぐになくなっちまう。惜《お》しみながら、少しずつ大切にすすらなきゃ、と自分に言い聞かせた。そうしたらさ、とんでもないことに、壁《かべ》にこんな張り紙があるんだ。

「潮汁　おかわり自由」

ありえんだろ。

目からぽろぽろ、涙《なみだ》が落ちてきた。泣いてんだよ、おれ。自分でも不思議だったよ。どうしちゃったの、おれ。

おかわりを注文すると、店主のおっちゃんがぎょっとしてた。

「何で泣いてるの。わさび、多すぎたかね」

「いえ。飯がうまくて」

困惑《こんわく》してたな、おっちゃんは。

「それで泣いてんの？　嬉しいけどさ」

「あと、海と空が綺麗《きれい》で。なんか、感極まっちゃって」

「あんた、感受性が豊かだね」

「違うんです。今日、いきなりなんです。なんででしょうか」

「おっちゃんに聞かれても困るなあ。何かあったの？　失恋《しつれん》から吹っ切れたとか」

「しいていえば、腸の端《はし》っこを切ってもらいました」

「腸……」

おっちゃんは聞かなかった振りをして、潮汁のおかわりを持ってきてくれた。すぐさま平らげて、もう一杯お願いする。

待っている間に、ぬらっとした生しらすを箸《はし》でつまみ上げ、口に運ぶ。舌に触《ふ》れた瞬間にわかった。ああこれだよ、これがおれの欲しかった食べ物だよ。また涙が溢れてくる。

「はいお兄ちゃん、潮汁。それから生しらすも良かったら、おかわりするかい？」

「え？　こんなうまいものを？　いや、それはさすがに」

「気にすんなって。ここいらじゃ、いっぱいとれるんだ」

「いっぱいとれる？」

絶句しちまったよ。

ああもう、この刺身も、醤油《しょうゆ》も、米も、全部うまいじゃねえか。海藻《かいそう》と大根のサラダ、ぷつぷつ、しゃきしゃき、歯が歌う。デザートには葡萄《ぶどう》が三粒。見た目は宝石、食べると甘露《かんろ》。

豊かすぎないか？　こんなにもてなされていいのかよ。

みんながみんな、よってたかっておれに優しくしているような気がした。

店主のおっちゃんも、野菜や果物を作ってる農家さんも、魚をとってきた漁師さんも、味噌《みそ》だの何だの作ってる人も、その人たちの使う道具を作ってる人も、車や道路を作ってる人も、電気や水道やガスを管理している人も……人だけじゃない、しらすも、魚も、葡萄も、植物も動物も海も空も、何もかも。そう、世界だ。世界がおれを、さんざんにお祝いしているみたいだった。

「あー、これか。ばあちゃんの言ってたことは」

おれは思わず宙を見つめて呟いた。世界中がキラキラ輝いている、笑顔でおれを取り囲んでる。

「そうだよなあ。あの日だって、本当にみんなが意地悪だったら、救急車なんか来ないよな。病院にも行けず、おれは今ここにいなかったかもしれない」

ばあちゃんの笑顔が、ふっと頭をよぎった。

「いい日も悪い日も、見方次第ってわけか」

「一人で何喋ってんだい、あんた」

おっちゃんが団扇《うちわ》をあおぎつつ、眉《まゆ》をひそめてこちらを見ている。

おれはもう一杯、潮汁のおかわりを頼《たの》みつつ、聞いてみた。

「そういや、ここのエアコン、なんかカラカラ鳴ってますね」

「ああ、調子が悪くてよ、冷えも悪いんだ。電気屋に見てほしいんだが、予約が取れねえんだわ。人手が足りないとかで」

「なら、おれがやりましょう」

「え、何で？」

「大丈夫、ちゃんと資格持ってますんで。工具だけ借りていいっすか。真空ポンプとか」

「そんなのないけど。近所の人に聞けば、誰《だれ》か貸してくれるかも」

おれ、食い終わってすぐ、エアコン工事に取《と》り掛《か》かった。おっちゃんからすると、やけに親切な客に見えただろうな。ただおれ、少しは役に立ちたかったんだ。

違う言い方をすりゃあ、拗《す》ねてた自分が少々恥《は》ずかしくなった。それから、自分もこの輝く世界の一員になりたいと思ったのさ。

「お兄ちゃん、手際いいねえ」

慣れた様子で工事を進めていくおれを見て、おっちゃんが言う。

「エアコンだけは得意なんすよ。配線系はよく、ビリビリしちゃうんですけど」

おっちゃんは感心したように息を吐いた。

「なあ、友達の家のエアコンも見てくれないか。そこの家、ちょっと厄介《やっかい》な病気抱えてるおばあちゃんがいてさ。こないだ東京の方の病院を退院したばかりなんだけど」

思わず、一瞬手が止まった。

「年の割には元気なんだけどよ。暑いと息が苦しいらしくてな、気の毒さ。な、頼むよ。工賃は払《はら》うから」

おれは目を閉じて、しみじみとため息をついたね。

「もちろん。ただ、途中《とちゅう》でケーキ、買ってってもいいですか」

「ケーキ？　いいけど、どうして」

「ばあちゃんをお祝いしたいんで」

「なんであんたがお祝いするんだ。よくわからん人だな」

おっちゃんは首を傾げていたけれど、おれからすればこんなに完璧《かんぺき》な一日があっていいのか、と思ったからね。

ごく普通の今日という日に、お祝いのケーキを贈るのも、いいもんじゃねえか。

な、ばあちゃん。

4 自分の、自分による、自分のための誕生日

「今日、家にいられなくてごめんね」

玄関《げんかん》でコートを着ながら母が言う。ハルトは首を横に振《ふ》った。

「平気だよ。発表会、頑張《がんば》ってきてね」

「任せて」

妹がにやっと笑う。

「帰りにはケーキ買ってくるから。戸締《とじま》りと火の元に気を付けて。何かあったら電話するのよ」

母の言葉にハルトは頷《うなず》き、二人が乗った車を見送った。扉《とびら》を閉めると、あたりがしんと静まりかえる。これから夕方まで、家に一人きりだ。妹はピアノの発表会、母はその付《つ》き添《そ》い、父は会社の人とゴルフ。

僕《ぼく》の十一歳《さい》の誕生日に、こうもみんなの都合が重なるなんて――運命的なものを感じる！

二階への階段を上がる。途中《とちゅう》からは一段飛ばしだ。自分の部屋に入り、棚《たな》からノートを取り出して広げた。ページにはびっしりと文字が書かれている。

「計画を実行に移す時が、来たのだ」

心臓の鼓動《こどう》が速くなり、顔がぽかぽかする。

準備はしてきたつもりだが、いざとなると緊張《きんちょう》する。うまくできるだろうか。

掛《か》け時計《どけい》を見る。

九時半。十七時にみんなが帰ってくるとして……大変だ。たったの七時間半しかない。すぐにでも取り掛からないと。

最初は開会の言葉からだ。ハルトは椅子《いす》の上に立ち、部屋を見回すと、用意しておいた原稿《げんこう》を手に声を張り上げた。

「これより、横山《よこやま》ハルトの十一歳の誕生日会を始めます。一同、礼」

頭を下げ、すぐに上げる。

「えーっと、私はずっと気になっていました。いつも誕生日は誰《だれ》かに祝ってもらいますが、それでいいんでしょうか。えーっと、だって自分にいちばんお世話になっているのは、自分なわけです」

スピーチって難しい。校長先生がしょっちゅう「えー」を差しはさむ理由がわかる。

「えー、ですから、今日は自分で自分のあちこちを、しっかりとお祝いしていきます。えー、それでは始めます。礼」

ぺこりと頭を下げる。

言葉に詰《つ》まっているのは変わらないけど、「えーっと」は「えー」にしたほうが、威厳《いげん》があっていいな。さすが校長先生。

さあ、買い物だ。

椅子から飛び降り、軍資金が隠《かく》してあるクローゼットを開く。中で小銭がじゃらじゃら鳴る茶封筒《ちゃぶうとう》を取り、大切に胸の前に抱《かか》えて、ハルトは駆《か》け出《だ》した。

駅前のスーパーで、ほとんどのものは揃《そろ》うはずである。

ハルトは店内を歩き回り、次々に商品をかごに入れていく。

小学一年生用の計算ドリル、花火、ねぎとろの真空パックに、カエルのワッペン二つ、入浴剤《にゅうよくざい》の詰め合わせ——レジに並んでメモと見比べ、漏《も》れがないか確認する。買い忘れるのはまずい。たぶん、もう一度買いに来るだけの時間の余裕《よゆう》はないからだ。

「あ、消臭《しょうしゅう》ビーズを忘れてた」

慌《あわ》てて列を離《はな》れ、迷路のような店内を探す。生活用品コーナーの端《はし》っこで見つけた。色々な種類があるけれど、どうしよう。できれば無香料で、カラフルで、安いやつ。

すぐ隣《となり》でお婆《ばあ》さんが一人、眼鏡をかけたりずらしたりしながら、裏面の文字を読んでいる。手に載《の》せて目を閉じ、「確かに値段は下がったけどね。それ以上に軽くなってないかね」と呟《つぶや》いている。

みんな、毎日こうやって買い物しているんだ。

「ま、デザインと匂《にお》いは良くなったか。ふん。やるじゃないか」

お婆さんがかごに商品を放《ほう》り込《こ》む。ハルトも自分なりに選《えら》び抜《ぬ》いた消臭ビーズをかごに入れると、歴戦の大人たちに交じり、再び列に並んだ。


帰宅すると、十一時を少し過ぎていた。

さあ、てきぱきやっていかなくちゃ。

まずは時間がかかるものの下準備を。ハルトは台所に向かい、米びつからお米を一合、カップですくって釜《かま》に入れる。よく研いでから炊飯器《すいはんき》にセットし、「早炊《だ》き」ボタンを押《お》した。

ついでにキッチンタイマーを取り、ポケットに入れた。

次にお風呂《ふろ》場まで走っていき、浴槽《よくそう》の蓋《ふた》を外し、栓《せん》を抜く。残り湯がなくなるまでは、五分ほどかかるだろう。

ハルトは一つ頷いてから階段を駆け上がり、机の上に開きっぱなしのノートに目を落とした。

よし、首から始めよう。三十分くらいかな。

キッチンタイマーをセットすると、立ったまま顎《あご》の下に両手を持っていき、首の力を抜いた。ずっしりと頭の重みが、掌《てのひら》に伝わってくる。机に肘《ひじ》をつけずに、頬杖《ほおづえ》をつくような体勢である。

首へ。

ハルトは心の中で話しかける。

誕生日おめでとう。いつも君は文句も言わずに僕の頭を支えてくれているね、本当にありがとう。たまにはゆっくり休んでくれ。

しかし首の力、本当にこれで全部抜けているかな。君、まだ働いていないか？　助かるけど、これじゃお祝いにならないよ。

そうだ、いい方法を思いついたぞ。

椅子に座り、おでこを机のふちに載せるのだ。これなら首は気兼《きが》ねなく力を抜ける。しかも両手が自由だ。ハルトはその体勢のまま、引き出しから裁縫《さいほう》セットを取り出した。机の下でカエルのワッペンをマフラーに縫《ぬ》い付《つ》けていく。時々、つい首を曲げて顔を近づけたくなるがそこは我慢《がまん》。代わりに手元を引き付ける。

縫い付けが終わるのと、キッチンタイマーが鳴るのとがほぼ同時だった。

「オッケー」

首の休みを終えて、ハルトはマフラーの出来栄えを確かめる。灰色の生地に緑色のカエルは、よく似合う。洗面所まで飛んでいき、鏡の前でマフラーを巻いた。

プレゼントだよ。気に入ってくれるといいけど。

ふわふわの布に埋《う》もれて、首は喜んでいる気がした。

よし、次は頭、君をお祝いする番だ。

部屋に戻《もど》り、再びキッチンタイマーを三十分にセットすると、小学一年生用の計算ドリルを広げた。字が大きい。余白が広い。そして、ああ、なんて簡単なんだろう！

1＋3＝

見た瞬間《しゅんかん》に答えが閃《ひらめ》く。

2＋2＝

どうだい、頭。いつも難しいことを考えてくれてありがとう。体の司令官として、ずいぶん苦労をかけていると思ってる。今日は君の誕生日だ。たまにはこうしてリラックスするのもいいだろう？

しかし五ページほど解き終えたところで、だんだん飽《あ》きを感じ始めた。簡単すぎて物足りないって言うのかい。君は本当に向上心があるなあ。

ハルトは引き出しを漁り、計算プリントの束を取り出した。自習用に配られたものだ。今日のためにところどころ、解かずにおいた問題がある。付箋《ふせん》を頼《たよ》りに見つけ出し、鉛筆《えんぴつ》を握《にぎ》って睨《にら》みつける。

１１３４＋８８６６＝

さすがに瞬間的には解けない。が、ちょっと考えると、笑みが浮《う》かんでくる。答えはぴったり一万！

１２．５×０．８＝

これは、ぴったり十！

ああ、気持ちがいい。計算するたびに数と数とがカチリと合わさり、綺麗《きれい》な絵が現れるみたいだ。いうなら、数字のジグソーパズル。とっておきの７７１６×１６を解き、１２

３４５６と数字が整列したところで、ハルトは満足のため息をついた。

そこでキッチンタイマーが鳴り、ハルトは飛び上がった。

もう三十分？　十五分くらい残しておいて、頭が思いっきり好きな想像をする時間をもうけたかったのに。延長しようか迷ったが、諦《あきら》めた。後ろがどんどん詰まってしまう。一回りして時間が余ったらにしよう。

ということで、次は腕《うで》。

君にも本当にお世話になりっぱなしだ。いつもご苦労様、本格エステに招待させてもらうよ。

ハルトは丁寧《ていねい》に爪《つめ》を切り、先をやすりで整える。洗面台で母親の化粧品《けしょうひん》入れを漁り、ハンドクリームを持ってきた。指先、掌、手首、さらには肘のあたりまでよくすりこむ。肌《はだ》がすべすべになって、いい感じ。

これだけで終わりかって？　まさか。ちゃんとプレゼントを用意してあるからね。

消臭ビーズの出番が来た。

ケースの蓋を開け、内側のフィルムを剥《は》がす。微《かす》かな芳香《ほうこう》がふわっと立ち上った。ぎっしりと詰まった丸いビーズたちが瑞々《みずみず》しくぷるんと揺《ゆ》れる。直径は二センチに少し足りないくらいで、色はほとんどが無色透明《とうめい》、いくつかは透《す》き通《とお》った赤や緑、青。

天国に実る果物って、こんな感じかな。

震《ふる》える手で一粒《つぶ》つまみ出す。

店員さんは「触《ふ》れても無害だよ」と教えてくれたから、大丈夫《だいじょうぶ》なはずだ。「人によっては手が荒《あ》れるから、遊びで触《さわ》らないでね」とも言ってたけど。

少し圧力をかけると、くにゅっと柔《やわ》らかくへこむ。思わず口角が上がった。今度は一気に十粒ほど取り出し、両手でおにぎりのように握る。ごにゃごにゃむちむち。いくつかは潰《つぶ》れてしまった。もう、我慢できない。ケースに手を突《つ》っ込《こ》み、しゃにむに触りまくる。

手が幸せ。このグミのような、ゴムのような手触りがハルトは大好きである。思う存分弄《いじ》りたいという願いが、ついに叶《かな》った。次は赤を触ろう。次は青一粒と、透明二粒。次は……。

しばらく無心で続けてから、ふと掛け時計を見る。

十三時半。

嘘《うそ》でしょ。何度見返しても十三時半。なんてこった。腕に一時間近く使ってしまった。キッチンタイマーをセットし忘れたんだ。まずいぞ、まだ目と鼻と……何だっけ。ハルトはノートを見直す。そう、まだ目と鼻と耳と口と、胸と腹と背中と足とお尻《しり》を祝わなくちゃならないのに。

ハルトは慌ててビーズをケースに戻《もど》した。

いったんお風呂場に立ち寄ると、すっかり残り湯は抜けていた。スポンジで浴槽を洗い、蓋をして、お湯張りスイッチを押す。お風呂ができあがるまでは二十分ほど。買ってきた入浴剤をそばに置いておく。こいつはあとで、足を祝うのに使うのだ。

さて、このあたりで腹と背中をセットで祝っておこう。

まずはプレゼントの準備。カエルのワッペンを、今度は腹巻に縫い付ける。カエルはハルトのお気に入りの動物で、絵はがきやシールも集めている。無心に針を操《あや》り、やがてハルトは頷いた。

よし、完成。

ということでこれがお腹と背中、君たちへのプレゼントだ。

ハルトは腹巻を身に着け、鏡の前で一回転。ワッペンはちょうど脇腹《わきばら》のあたり。うん、悪くない。

そこで宣言した。

「えー、今日はこれを、腹巻とは呼びません」

体のあちこちがざわついている気がする。なぜ？　どうして？　頃合《ころあ》いを見計らって、ハルトは続けた。

「世の中には目立つやつと、目立たないやつがいます。たとえばよく掃除《そうじ》をさぼるのは佐《さ》藤《とう》君でも、なぜか先生に注意されるのは内川《うちかわ》君ばかり。同じことがお腹《なか》と背中にも言えます。父さんは太るとすぐ『お腹出てきた』と言うけれど、実際は背中にも結構肉がついているわけで。何かとやり玉に上げられるのはつらいし、一方で目立たないのも時には寂《さび》しいもの。誕生日くらい、普段《ふだん》とは違《ちが》う扱《あつか》いを楽しんでもらいたいのです、つまり」

ハルトは腹巻を指さし、鏡に向かって叫《さけ》ぶ。

「これは『背中巻』です」

そう呼ばれたっていいはずだ。背中はうんうんと頷き、お腹はいつも注目される重圧から、束の間解放されているだろう。

「今日はお腹と背中についてては、このルールでいきます。以上」

キッチンタイマーを確認。よし、まだ十八分しか経っていない。この調子で遅《おく》れを取り戻していこう。

と、お腹がぐうと鳴った。ハルトは自分に言い聞かせるように呟く。

「背中が減ってきたし、そろそろ口のお祝いをしようかな。お米もできてるはず」

台所には炊き立てのご飯の匂いが漂《ただよ》っていた。買ってきた冷凍《れいとう》のねぎとろパックは、ちょうどよい具合に自然解凍されている。

さあ、大好物のねぎとろ丼《どん》をふるまうぞ。

ハルトは丼にご飯をてんこ盛りにすると、海苔《のり》を散らし、パックからピンク色のねぎとろを載せていく。みじん切りのネギと、いりごまも少し。

おいしそうだ。ただ、よく洗ったつもりだけど、やや手が消臭ビーズくさい。順番を逆にすべきだった。こういうのが、母さんの言う「段取り」というやつかな。

完成した丼を食卓《しょくたく》にでんと置く。しばらく一対一で向き合っていると、何やら神聖なものにすら感じられた。唾液《だえき》が湧《わ》いてくる。

これ全部食べていいの、と思ってるんだろう？　もちろんいいに決まってる、君の誕生日なんだから。

「いただきます」

醤油《しょうゆ》を回しがけして、口にかき込む。ハルトはしばし、マグロの甘《あま》く優しい味に酔《よ》いしれた。

食べ終わったら、しっかり言うのも忘れない。

「あー、背中がいっぱいだ」

そしてシャツの背中側をめくり、ポンポンと叩《たた》いてみる。ううむ、これはこれで意外といいぞ。食後にお腹を叩く納得感が十とすると、七くらいはある。これからも時々やろうかな。

食器を片付けて、洗面所へ。念入りに歯を磨《みが》く。普段は手に取りもしない歯間ブラシまで使ってみる。奥《おく》の方は難しかったけれど、すっきりした気分。最後に父さんのマウスウォッシュでうがいして、口へのお祝いは完了だ。

現在、十五時十五分前。いよいよ時間がない。もうキッチンタイマーなんか使わず、どんどんやっていこう。

胸にプレゼントをする時間だ。

ハルトは階段を駆け上がり、二階の廊下《ろうか》から梯子《はしご》を上り、屋根裏部屋に入った。たくさん置かれた段ボールの間を抜けて、小さな窓を押し開ける。心地よい風が入ってくる。ハルトは大きく口を開けて、思いっきり深呼吸した。

うーん。

これはちょっと失敗だったたな。綺麗な空気をプレゼントしたかったんだけど。思ったよりも埃《ほこり》っぽいし、隣のクリーニング屋のスチームの匂いがする。それはそれで嫌《きら》いじゃないけど、特別な贈《おく》り物《もの》とは言いがたい。もっと高いところに行かないと、だめみたいだ。

胸もちょっと不満なのか、軽く咳《せき》が出た。

ごめんな、プレゼントにはこういうこともあるさ。いつだったかお爺《じい》ちゃんに、テレビゲームのつもりでゲームをねだったら、贈られたのはすごろくだったなんてこともあった。悪気はないんだから、そう落ち込むなよ。

ハルトは胸をそっと撫《な》でる。

口や頭や腕に慰《なぐさ》められても、素直に受け止められないか。わかった。今度山登りに行くよ。そして、たっぷり澄《す》んだ空気をご馳走《ちそう》するから。

ようやく胸は納得したように、小さくため息をついた。

さてと、次は……鼻と耳、いこう。証拠隠滅《しょうこいんめつ》に時間がかかるだろうから。

誰もいないとわかっていても、両親の寝室《しんしつ》に入る時、ハルトは足を忍《しの》ばせた。二つ並んだベッドの隣に、母の化粧台がある。上から二番目の引き出しを開けると、香水の瓶《びん》がずらりと並んでいた。震える手でいくつか取り出してみる。一つ一つが手の込んだ彫刻《ちょうこく》のようだ。

ちょっとお借りします。

蓋を開け、左の手首にひと吹《ふ》きし、鼻を近づけた。

うわあ。

瓶の裏には説明書きがある。

『アンバー、シダーウッド、カルダモン、サフラン、バジル。夏の終わりを思わせる軽く涼《すず》やかで切ない香。ユニセックス』

何を言っているのかさっぱりだが、ハルトは嗅《か》いでみて確信した。

これは……未来のお寺の匂いだ！

心ゆくまで嗅いでも、また少し経つと嗅ぎたくなる。そのたびにうっとり。まるで魔法《まほう》だ。もっと試したい。

ハルトは別の瓶を手に取り、右の手首にひと吹きする。今度は甘い香りが立ち上った。

期待に胸をわくわくさせながら、嗅いだ。

そして首を傾《かし》げた。

未来のお寺が、果物を浮かべたお風呂に囲まれている。

混ざってしまったのだ。

左手首に鼻を近づけるとお寺が、右手首に近づけると果物のお風呂が現れる。どちらもいい匂いだけど、混乱する。

不安を感じながら三本目の瓶をひと吹き。おそるおそる嗅いで、ハルトは肩《かた》を落とした。風呂上がりのお坊《ぼう》さんが、バラの首飾《くびかざ》りをつけて、一生懸命《けんめい》土を掘《ほ》っている。

そうか。ハルトは項垂《うなだ》れながら瓶を元に戻す。香水をいっぺんに楽しむのは難しいらしい。腕につけずに、紙か何かにつければ代わる代わる嗅げたかもしれないが、すでに遅《おそ》し。

でも、最初の匂いは良かったよな、鼻。誕生日おめでとう。

次は父の書斎《しょさい》に忍び込む。妙《みょう》な香りがぷんぷん、後をついてくる。段取りって本当に難しい。ハルトは窓を開けて換気《かんき》しつつ、耳のお祝いに取り掛かった。

オーディオセットの電源を入れ、棚からクラシックのCDを出してきて、父の手つきを思い出しながらセットする。改めて見ると、ボタンがいっぱいだ。こんなにたくさん使いこなせるとしたら、大人ってやっぱりすごい。

何とか再生ボタンを見つけ出し、押してみる。

二つの大きなスピーカーから、バイオリンの音色が響《ひび》き始《はじ》めた。ハルトは父を真似て、黒くてごつい椅子に座り、腕組みをして目を閉じる。ピアノや管楽器らしき音色が参戦してきた。うんうん、と頷いてみせる。

よくわからない。

メロディを捉《とら》えようとしても、ふわりと逃《に》げられてしまう感じ。

だが、これはいいものに違いないのだ。そうでなければ父さんも、こんなに高い機械を買わないだろう。つまり耳へのプレゼントにふさわしいはずなんだ。

ずいぶん長いこと聴《き》いたと思って時計を見たが、まだ五分も過ぎていなかった。いつ盛り上がるんだろうと思いつつ、目を閉じる。

少し退屈《たいくつ》だけど、どこか心地がいい。眠《ねむ》くなりそうだ……。


エンジン音が近づいてきて、家の前で止まった。ハルトははっと顔を上げる。窓から顔を出して道を見渡《みわた》す。あの車は間違いない、母さんたちが帰ってきた。

まずい、予想より早いぞ。

ハルトは慌てて後始末に取り掛かった。オーディオセットのスイッチを切り、CDを元の場所に戻す。椅子を戻して、部屋を出る。

どうしよう、まだ目と足と尻が終わってないのに。とりあえず足だけでも。ハルトは靴《くつ》下《した》を脱《ぬ》ぎ捨《す》てると、窓際まで走っていき、逆立ちした。

「お兄ちゃん、何してるの？　足が見えてるよ」

外から妹の声がする。車のドアが閉じる音。

ハルトは別の窓まで走っていくと、再び逆立ちした。

「あ、今度はあっちから。ママ見て、面白いよ」

妹のおかしそうな笑い声。

こっちは真剣《しんけん》なのだ。

いつも靴の中、真っ暗闇《くらやみ》で地べたを這《は》うように暮らしている足に、今日はあたりの景色を見せてやりたい。本当はこのまま外を散歩したかったけど、せめて家の窓からの眺《なが》めくらいは。

あっちこっちの窓からぴょこぴょこ飛び出す足を見て、妹は大笑い。母は苦笑しているようだった。

「やあねえ、何をふざけてるのかしら」

足音が近づいてくる。逆立ちしたまま、ハルトは必死に考えていた。残りは目とお尻。

目はまだ何とかなるとして、問題はお尻だ。

最後まで祝い方が、どうしても思いつかなかった。どんなプレゼントが欲しいのか、お尻の気持ちがよくわからないのだ。そのうち閃くだろうと後回しにしたまま、今に至る。

「頭からいちばん遠いからかな。どうも君の声、聞こえてこないんだよ。足はまだ、ヨガみたいな姿勢になれば頭に近づけられるんだけど」

口に出してみたが、お尻はうんともすんとも言わない。

「ただいま」

玄関の扉が開いた。

ああ、タイムリミットだ。

「お寿司《すし》とケーキ買ってきたわよ。お腹空いた？」

包みを手にした母が家に入ってきた。逆立ちをやめて、ハルトは玄関に迎《むか》えに行く。

「昼ご飯が遅かったから、まだ背中はいっぱいだよ」

母がきょとんとする。

「何で背中？　まあいいわ、じゃあお風呂のあとにしましょうか。あら、沸《わ》かしといてくれたのね」

「忘れてた。入浴剤全種類入りの超豪華《ちょうごうか》足湯をやろうと思ってたのに」

「足湯が何だって？」

ハルトは慌てて誤魔化《ごまか》した。

「ううん、何でもない。それよりさ、今日寝《ね》る前に花火したいんだ」

「花火？　もうすぐ秋なのに」

「買ってあるんだ。目を喜ばせたいんだよ」

母は渋《しぶ》っていたが、妹は「やりたーい」と加勢してくれた。

「じゃあお父さんが帰ってきたらやりましょうか」

「うん」

ほっと息をつく。これで目へのお祝いは、何とかなりそうだ。心残りはお尻だけ。その時、妹が言った。

「ねえお母さん、いいでしょ。間違えずに最後まで弾《ひ》けたんだから。買ってよ」

「さっきの服が、一応ご褒美《ほうび》なんだけど」

「あと少し、おまけして」

「だめです」

何やら母に食い下がっている。ハルトは、何のことかと聞いてみた。

「シャワーヘッドを買いたいの。私の貯金じゃあと千円、足りないんだよ」

「何でそんなものが欲しいの？」

「クラスで流行《はや》ってるんだ。ミストみたいな細かいシャワーが出てね、それでお尻を洗うとすべすべになるんだって」

これを聞いて、ぴくっとハルトのお尻が震えた。それだ。

お尻なんかすべすべにしてどうするの、とぼやく母に割り込んで、ハルトは言う。

「お兄ちゃんが千円、出してやる」

「え、本当？　でも、どうして」

「誕生日プレゼントってことで」

妹は変な顔をした。

「今日はお兄ちゃんの誕生日でしょう？」

ハルトはしみじみと頷いた。そうか、お尻は普段表に出ないからこそ、おめかししたいのかもしれないな。

これで全て、丸くおさまった。ほっと胸をなでおろした時、インターホンが鳴り、「ただいま」と父の声が聞こえてきた。


その夜、ハルトは電気を消して布団に入ったところで、今日という日を思い返した。忙しい一日だった。首、頭、腕、腹、背中、口、胸、鼻、耳、足、目、お尻。一部を祝うために、他の場所が必死に働いた。何だか全身が生まれ変わったような気持ち。

ふうと一つ息を吐いて、枕《まくら》に頭を沈《しず》める。

誕生日おめでとう、自分。

にっこり笑って、眠りに落ちた。

5 ごくふつうの、なんにもない誕生日

いつ行ってもいない。これが偶然《ぐうぜん》のはずがない。

だから実果《みか》は不意打ちすることにした。授業が終わってすぐ駅に向かい、電車に揺《ゆ》られる。駅からまっすぐ歩き、商店街が途切《とぎ》れると「青果やおうめ」の看板が見えた。忍《しの》び足《あし》で裏口に回る。

「おっちゃん！」

御用《ごよう》だ御用だ、とばかり扉《とびら》を開け、中に飛《と》び込《こ》む。が、店主の姿はなかった。

「ごりよーォ、ごりよーォ」

玉ねぎを並べながら、おばちゃんが繰《く》り返《かえ》している。最初は「どうぞご利用ください」だったと思われるが、長い年月の中で簡略化されてしまった台詞《せりふ》は、もはや呪文《じゅもん》のようだ。

「おばちゃん、おばちゃん」

目の前で手を振《ふ》ると、うわの空だった瞳《ひとみ》に光が戻《もど》った。「ごりよーォ」の連呼が止まる。

「あら、実果ちゃん。また私、夢中になってたかしら」

「そうみたい。見て」

陳列棚《ちんれつだな》の玉ねぎたちは、アート作品と見紛《みまが》うばかりに組み上げられている。

「こりゃ大作だ。写真、撮《と》ってよ」

言われたとおりにしつつ、実果は聞いた。

「おばちゃん、おっちゃんはどこ」

「急にファンタが飲みたいって、買いに行ったけど」

「ファンタ？　仕事中に？」

「最近多いのよ、どうしてもあのアメが舐《な》めたいとか。我慢《がまん》しなさいと言っても聞かないの。若い頃《ころ》は絶対なかったのに、嫌《いや》だね」

実果はふうむと唸《うな》る。

「じきに帰ってくると思うよ。あれ？　実果ちゃん、バイトの日だっけ」

首を横に振ってから、ため息交じりにこぼした。

「ここ最近、おっちゃんに避《さ》けられてるみたいなの」

「え？　何でまた。喧嘩《けんか》でもしたの」

「心当たりがなくて。だから困ってるんだ」

おっちゃんと実果は長い付き合いだ。よく小学校の帰りに入《い》り浸《びた》り、中学生の頃はときどきお店の手伝いをし、高校生になるとすぐ、週二日のアルバイトとして雇《やと》ってもらった。

おばちゃんがはたと手を打つ。

「そういえば、あの人がわがまま言って出かけるの、いつも実果ちゃんが来る日かも」

「やっぱり。私、二週間くらい会ってないよ」

「困った男だね。おばちゃんがとっちめておこうか」

「ううん、大丈夫《だいじょうぶ》。自分で捕《つか》まえるから」

実果は鞄《かばん》を持ち直すと、奥《おく》の棚を眺《なが》めた。色鮮《あざ》やかなトマト、丸々としたナス、ふさふさのほうれん草などが詰《つ》まった箱がある。「カポさん」と書かれた伝票用紙が、セロハンテープで貼《は》られていた。

「ついでがあるから私、配達しておくよ」

「あら、悪いね」

箱ごと抱《かか》え上《あ》げる。そこそこ重いが、何とか運べそうだ。腕《うで》でなく全身で持つのだと、教えてくれたのは他ならぬおっちゃんだ。

「そうだ、おばちゃん。店以外におっちゃんが出没《しゅつぼつ》しそうなところ、あったら教えて」

「何だか探偵《たんてい》みたいな台詞ね」

おばちゃんが首を傾《かし》げた。

団地に囲まれて、一軒《けん》のイタリアンレストランがある。石煉瓦《れんが》風の、品の良い建物だ。こんなところに珍《めずら》しいな、と期待に胸を膨《ふく》らませて扉を押《お》し開《あ》けた客は、だいたい驚《おどろ》くことになる。

「いらっしゃーい！」

大歓迎《かんげい》されるからだ。

「今日はズッキーナのパスタがおすすめよ。おっと、香りが苦手な、あ、な、たも安心。ズッキーナをメランザーネに変えたり、キノコを入れても最高なんだから。さ、ご注文をどうぞ、今すぐに！」

厨房《ちゅうぼう》からシェフが飛び出してきて、メニューを目の前に突《つ》きつけるのだ。しかもそのシェフがプロレスラーと見紛うばかりの体格で、真っピンクのコックコートを着ているときた。見慣れているはずの実果ですら、ちょっと気圧《けお》されてしまう。

「なんだ、実果じゃないの」

こちらの姿を認めるなり、相手はメニュー表を下ろした。顎《あご》の青髭《あおひげ》と、眉間《みけん》から額にかけて描《えが》かれたフォークの刺青《タトゥー》が眩《まぶ》しい。

「どうしたのよ、大きな段ボール箱担いで」

「そのメランザーネを持ってきたんですよ、カポさん」

実果は鞄を横にのけて箱を開くと、ナスを取り出した。

「あら」

カポさんは嬉《うれ》しそうに手を合わせ、艶《つや》のあるナスを受け取ると、ためつすがめつ観察する。

「わざわざ持ってきてくれたの。ああ、いいじゃない。顔つきもいい、プロポーションも悪くない、この子にふさわしい舞台《ぶたい》は何かしら。熱々のフライパンで焼いて、オイルと酢《す》、ハーブでめかしこむ。衣をつけてサッと揚《あ》げて、ミントと塩ってのもありね。ちょっと味見する？」

カポさんはいつも気前がいい。実果はありがたくいただくことにした。

「奥のテーブルにどうぞ」

そこには茶色のスーツに銀縁《ぎんぶち》眼鏡の男性がすでに陣取《じんど》っている。テーブルを挟《はさ》んで正面に座り、実果は挨拶《あいさつ》した。

「学《まなぶ》先生、早いですね」

「実果さん、こんにちは。今日はちょっと早く上がれまして」

大学で植物の研究をしている学先生は、繊細《せんさい》にカトラリーを操《あやつ》り、トマトとリスにチーズをまぶして炒《いた》めたものを、小さく切っては口に運んでいた。

「夕飯、には早いですよね。おやつですか」

「僕《ぼく》はコーヒーだけでいいと言ったんですけど、出てきました」

学先生は、皿の上を困ったように眺めている。

「残してもいいんじゃないですか」

「いえ」

力強くフォークを突《つ》き刺《さ》すと、澄《す》んだ汁《しる》が溢《あふ》れ出《だ》す。

「見てください、このお皿で起きているドラマを。トマトとナスは近しい間柄《あいだがら》なんです。同じナス目ナス科ナス属ですからね。東京に出てきて同じ村の出身者と出会ったようなもの。僕だけ外からすまし顔で見ている、なんてわけにはいきませんよ」

口に放り込み、目を閉じてゆっくり噛《か》みしめる。どこか懐《なつ》かしそうな表情。学先生は、野菜や果物には独特のこだわりを持っている。

「はい、できたわよ。焼いたのと揚げたのと、ついでにパスタも少し付けといたわ」

ナスの豪華《ごうか》三点盛りが、実果の前に置かれた。思わず舌なめずりしそうないい匂《にお》い。皿を運んできたカポさんは軽く店内を見回し、他に用事がなさそうなことを確かめると、同じテーブルを囲んだ。

「で？　実果、今日こそ聞き出してきたんでしょうね。おっちゃんの食べたい物」

口に運びかけたフォークが止まる。

「それが、まだ」

カポさんが「ダッヴェーロ⁉」とイタリア語で叫《さけ》んだ。

「パーティーは週末でしょう？　そろそろメニューを組み立てないと、間に合わないわよ。ピッツァマルゲリータは鉄板として、チーズとほうれん草のパイ包み、豚肉《ぶたにく》のラヴィオリ、お芋《いも》のスフォルマートもいいわね、プリンみたいな形のおかず系蒸し料理よ、それからマリネータはイカがいいか、イワシがいいか……ああもう、ちっとも絞《しぼ》り込《こ》めないじゃないの、困るのよっ」

「わかってます、わかってるんですけど」

「お客の数も知りたいわ、子どもと大人の割合に、お酒を飲む人の数。プレゼントやケーキのタイミング。それから忘れちゃいけない、アレルギーのある方の情報」

「とりあえず私とおばちゃん、常連客からはカポさん、学先生は確定なんですけど」

「前回の打ち合わせから何も進展してないじゃない」

「だって本人の意見を聞きたいのに、逃《に》げるんだもん」

実果はナスをがぶりとやる。表面はかりかりに焼いてあるが、中はじゅわっとくる瑞々《みずみず》しさ。全くもう、とカポさんが自分の太ももをパンと叩《たた》いた。

「イタリアではね、誕生日パーティーは本人が企画《きかく》して、招待して、料理を振《ふ》る舞《ま》うのがふつう。こっちがせっかく計画してあげてるってのに、あのおっちゃん、どういうつもりなのかしら」

学先生がそっと手をあげた。

「あのう、想像に過ぎませんが。もしかしてそれが、逃げる理由だったりはしませんか」

実果とカポさんは、瞬《まばた》きして互《たが》いの顔を見つめ合った。


夕焼け空の下、がたん、と自動販売機《はんばいき》が震《ふる》えた。

節だらけの手が取り出し口に突っ込まれ、ピーチネクターの缶《かん》を取り出す。相手がそのまま公園をぼうっと眺めているところに、実香はこっそりと忍び寄り、声をかけた。

「おっちゃん」

「うわあ」

背後からの声に、おっちゃんはたっぷり十センチは飛び上がった。足元で落ち葉が音を立てる。

「驚かすなよ、実果」

「久しぶりだね」

「そうだなあ。元気か？　そうそう、ちょっとこのあと予定があってな、これにて失礼……」

目を泳がせるおっちゃんの袖《そで》を、実果は摑《つか》んだ。

「今日はちゃんと話してくれるまで逃がさない」

「わ、わかったよ。観念するよ」

おっちゃんは額の汗《あせ》を拭《ふ》き、ばつが悪そうに俯《うつむ》いた。

「ほれ、ジュース、好きなの選べ」

実果の分もピーチネクターを買うと、おっちゃんはベンチを顎で示した。

子どもたちが帰ってしまった公園で、遊具は眠《ねむ》りについている。二人でベンチに座って缶を開けると、音と一緒《いっしょ》に甘《あま》い香《かお》りが溢れ出た。口の中に広がる味に、しばらく無言でひたる。

「今年の桃《もも》を使ってんのかな。うめえな」

唇《くちびる》を拭《ぬぐ》うおっちゃんの横顔を、実香は眺める。

「たまにここにいるって話、本当だったんだね」

「まあな」

カラスが遠くで鳴いている。

「あのな、実香。何つうか……逃げてたわけじゃねえんだ」

おっちゃんは時折頭をがりがりと掻《か》きながら、ぽつりぽつりと口にした。

「俺《おれ》はその、誕生日を派手に祝われるっての。苦手っつうか、恥《は》ずかしいんだよ。ただ、悪いだろ。みんなが色々考えてくれてるのに、断るっつうのも。どう説明したもんか悩《なや》んでいるうちに、つい時間が経っちまって、その……な」

「そうだったんだね」

実果は手元の缶を見つめ、口をつぐんだ。こんな雰囲気《ふんいき》になること自体、おっちゃんは避けたかったんだろうな。

「この公園、昔はよく寄ってたんだ」

顔を上げたおっちゃんの目線を追う。

「幼稚園《ようちえん》の帰りにヒデ坊《ぼう》が、必ず遊んでいきたがるからさ」

ときどき店で見る、息子さんのことだ。

「通ると色々思い出して、つい足が止まっちまうんだ。あいつもピーチネクター、好きだったよ。よくキャッチボールをせがまれてな、日が暮れるまで投げたっけ。初めはこっちが手加減してたのに、だんだん向こうが気を遣《つか》って投げるようになった。ケーキのろうそくが一本増えるたびに、あいつはみるみるでかくなって。ある日、自分で稼《かせ》いだ金で、俺の誕生日パーティーを開いてくれたっけ。近所の洋菓子《ようがし》屋に連れて行かれてな、ケーキ、どれにすんのか聞かれたんだ。いつも俺が聞いてたのになあ」

少しかすれたおっちゃんの声に耳を傾《かたむ》けていると、公園でボールを投げ合う親子の姿が見えるようだった。

「あの日、嬉しい反面、ちょっと寂《さび》しくてよ。こんな風にこいつと過ごす誕生日は、これが最後かもしれないって感じたんだ。実際、そうなった。あいつは今、自分の家庭で精一《せいいっ》杯《ぱい》だし、俺には八百屋を潰《つぶ》してマンションにしたほうがいいとか言いやがる」

おっちゃんは紫《むらさき》色の空を眺めた。一番星が輝《かがや》いている。

「別に不満はねえのさ。あいつは自慢《じまん》の息子だし、俺なんか気にせず幸せになってほしいと思ってる。言いたいのはな、俺ってやつは、これが最後かもだとか、祝われると恥ずかしいだとか、案外下らねえことを考える性格ってこと。そんな俺を盛大に祝ってもらうより、今のまんま、ふつうの日を続けたいわけだ。わかるかい」

カラン、とゴミ箱に缶が落ちる音。

「わりいな、わがままで」

「ううん。こっちこそ」

実果は俯いたまま、そう答えるしかできなかった。ピーチネクターの缶が、冷たく掌《てのひら》に張り付いていた。

ソファに深く腰掛《こしか》け、実果はテレビの中で動き回る俳優たちを眺めている。

「ほらほら、手が止まってるよ」

「うん」

母は画面に目をやりながらも、せっせと棒針を動かしている。実香はぼうっとしているだけ。

「ねえ、そんなペースで間に合うの」

「うん」

実果の胸元にも棒針と毛糸の玉がある。

「また生返事。どうしてもやりたいって言うから、教えてあげてるのに。母さん、もう三つも手袋《てぶくろ》作っちゃったわよ」

誰《だれ》かに売れないかしらねえ、とぼやく母の前で、実果は呟いた。

「人と人って、難しいね」

母が顔を上げる。

「大切な人だから、お祝いしたかっただけ、それだけなのに」

少し考えてから、母は頷《うなず》いた。

「そうね。母さんも未だに、人付き合いって難しいと感じるよ。でも、それが当たり前じゃないかな」

そして棒針を取り、静かに繰り始めた。

「右で針を編み目に入れて。左で押さえて針を抜《ぬ》く。きつくても、緩《ゆる》くても形は崩《くず》れる。完全に寄《よ》り添《そ》う必要はないの、大事なのは隙間《すきま》の具合。少しだけ合わせる、すると相手も少しだけ合わせてくれる。小さな歩み寄りを繰り返していくうちに、二人だけの何かが、いつしか編み上がるんじゃないかしら」

実果は自分の作りかけの手袋を見つめた。母のものと比べると一つ一つの目が不揃《ふぞろ》いで、何とも不格好……でも、最初に比べれば上達している。

「そうだね」

実果はもう一度、棒針を手に取った。

「パーティーは中止ですってえ？」

カポさんは素《す》っ頓狂《とんきょう》な声を上げた。

「どうしてくれんのよ、これ」

業務用の巨大《きょだい》な冷蔵庫を指さしてカポさんは喚《わめ》く。

「最高のお肉とお魚、揃えちゃってるのよ。実果、あんた代わりに食べるってこの」

「残念ですが、本人の意向なら仕方ないですよね」

風船を膨らませていた学先生が頷いた。

「一方的に祝えばいいというものでもありませんから」

かぶっていた厚紙製のとんがり帽子《ぼうし》を横に置き、一つ息を吐《は》く。

「案外繊細なところがあるのねえ、あのおっちゃん。まあ雑なだけじゃ、野菜を扱《あつか》えないってのはそうだけど」

カポさんも店内のあちこちに貼った紙飾《かみかざ》りを取り外し始めた。

「本当に、ごめんなさい」

「実果が謝ることじゃないわよ。でも残念ね。せっかくのお誕生日に、お祝いができないなんて」

実果は首を横に振った。

「ううん。お祝いは違《ちが》う形でやろうと思うの」

「でも梅吉《うめきち》さんは、祝われるのは嫌だと仰《おっしゃ》ったんでしょう」

「そう。だから、特別なことはしない」

「言ってることがよくわかんないわ、実果」

声をひそめて実香は続ける。

「昨日、締《し》め作業しながら本人に聞いてみたの。おっちゃんの気持ちを大事にしたいから、誕生日にはパーティーも、プレゼントもなしにする。だけど、自分の気持ちに嘘《うそ》はつけない。私、心の中ではおめでとう、って思ってる。だからちょっとだけ、その日は態度とか行動とか、何かが変わってきちゃうかもしれない。それくらいは許してもらえますか、って」

カポさんが瞬きした。

「それで、おっちゃんはなんて?」

「それくらいならいいよ、って」

「なるほど」

学先生も頷く。実香は二人の顔を交互《こうご》に見つめて、言った。

「だからね、ごくふつうの、なんにもない誕生日にしようと思う。みんなにも協力してほしいの」


当日は気持ちのいい秋晴れだった。実果は朝ご飯を食べ終わると、さっそく「青果やおうめ」へと向かう。

遠目におっちゃんとおばちゃんが、いつものように品出しをしているのが見えた。実果は目を閉じて大きく深呼吸する。両掌《てのひら》で頬《ほお》を軽く叩く。そして、お店に足を踏《ふ》み入《い》れた。

「おはようございます」

挨拶して、仕込み場で髪《かみ》を結んで手を洗い、前掛けを付ける。

「しいたけ、私が運ぶよ」

「助かるわ。まいたけの横な」

普段《ふだん》は何も考えずに働いているけれど、今日は逆だ。意識して普段のように働くのである。

ふつうに、ごくふつうに。

しいたけを箱から取り出してかごに盛り、並べていく。傘《かさ》は丸々と太り、柄《え》はぶっとくて、何とも雄々《おお》しい。

「さすがおっちゃんの目利き」

思わずこぼした独り言は、後ろで聞かれていたらしい。

「なあに、簡単よ。顔つきを見ればいい。毎日相手してりゃわかるのさ、野菜がまっすぐ育ってきたかどうかは……えらっしぇい！」

女性がエコバッグを片手に、かごのしいたけを覗《のぞ》き込《こ》んでいる。

「どうですか、美味《おい》しいよ！　生しいたけ」

「これ、どうやって食べたらいいの」

「おすすめはバター焼き。フライパンにポンと載《の》せてさ、こんがり焼くの。ポン酢も合うよ」

「柄は食べられないのよね」

「ううん、一緒に焼いてみて。柔《やわ》らかいけど歯ごたえがあってね、たくあんとかまぼこの間みたいな食感で、楽しいよ」

ふうん、と女性が頷いた。

「じゃあ一つ、ちょうだい」

「まいど！　袋、入れちゃうね」

手品のように袋を取り出し、笑顔でしいたけをまとめていく。この仕事が好きだと、伝わってくるような手つきだ。

「こっちの『おつとめ品』のほうれん草、ずいぶん安いけど」

声をかけてきたのはおじいさん。

「それね、ちょっと時間が経ってしなびてるの。その分、味が染みやすいから、煮《に》びたしに向くよ。油揚げと一緒だと栄養の吸収もいいからおすすめ」

「へえ、使いようなんだね」

「そうそう。見た目じゃない、見る目だから」

厳しく野菜を見分けつつ、どんな野菜にも愛を注ぐ。たぶん、人間に対してもそう。そんなおっちゃんが、実果は好きだ。いや、やってくるお客さんはきっとみんな——。

「チャオ！　先日は素敵なメランザーネをありがとう」

カポさんが現れた。真っピンクのスカートとシャツが眩しい。俊敏《しゅんびん》な動きで距離《きょり》を詰め、おっちゃんをたじろがせる。

「まいど。すまねえな、気を遣わせたみたいで」

「何のことかしら？　それよりおすすめ、見繕《みつくろ》ってちょうだい」

「おう、待ってろ」

おっちゃんがゴボウを取りに行った隙に、カポさんがウインクした。実果は頷く。買い物を終えると、カポさんは聞いた。

「あんたまさか、食べ物に好き嫌《きら》いはないでしょうね」

「俺か？　特にないが」

「ならこれ、おすそ分け」

カポさんがキャリーケースを開き、プラスチックのパックを取り出す。目を丸くするおっちゃんの手に、三つ、六つ、九つ、次々に載せていく。中には料理がぎっしり。

「おいおいおい、どういうつもりだい」

「作りすぎちゃったのよ。チーズとほうれん草のパイ包み。豚肉のラヴィオリ。お芋のスフォルマート。イワシのマリネータ。これもあんたの野菜が美味しいせい。諦《あきら》めて受け取りなさい」

「なんだよそりゃ」

おっちゃんは目を白黒させながらパックを受け取り、仕込み場に置いて額の汗を拭いた。

「強引な人だなあ」

だが、これは皮切りに過ぎなかった。あとからあとから、お客さんがやってくる。そしてみな、何かと理由をつけておっちゃんに物を渡《わた》していく。

「私も執筆《しっぴつ》している植物図鑑《ずかん》なんですが、間違えて二冊買ってしまいまして。良かったら」と言ったのは学先生。

「ハニーにあげたんだけど、かぶっちゃって」とセーターを持ってきたのは三丁目のお姉さん。

「たくさんいたから」とスズムシを虫かごと一緒にくれたのは、虫博士のたっくん。

「今年はずいぶん実ってね」と魚屋のおばあちゃんは柿《かき》を山ほど。「庭に咲《さ》いてたやつ」と女の子がコスモスを一束。いつもお母さんと寄っていく男の子は、睨《にら》みつけるような顔で「ん」と折り紙細工をおっちゃんの鼻先に突き出した。

野菜や果物が売れるたび、もらい物が増えていく。夕方には置き場がなくなり、一部が仕込み場からはみ出すほどだった。それでも最後まで誰一人、「お誕生日おめでとう」とは言わなかった。

「やれやれ」

シャッターを半分閉めた八百屋の裏庭で、プラスチックコンテナに腰を下ろし、おっちゃんはぼやいた。

「やってくれたなあ、実果」

贈《おく》り物《もの》たちを眺め、呆《あき》れたように言った。

「何のことだか。今日は、ふつうの日だったでしょう」

「そうだなあ。ふつうの日だ。何とも偶然が重なったが、それでもふつうの日だったよ」

おっちゃんは微笑《ほほえ》んでいた。その顔を見て、ようやく実果はほっとした。おばちゃんも店の隅《すみ》からこちらを見て笑っている。

実果はいつもと同じく髪を下ろし、靴《くつ》を履《は》き替《か》え、前掛けを取ってたたんでから鞄を持つ。

「じゃあ私、片付けも終わったし、そろそろ上がるね」

「おう。お疲《つか》れさん」

帰り際に、できるだけ何気ないふうを装い、切り出した。

「おっちゃん。私、最近編み物に凝《こ》ってるんだけど。うっかり手袋作りすぎちゃって」

おそるおそる取り出した紙包みを見て、おっちゃんは吹《ふ》き出《だ》した。膝《ひざ》を叩き、げらげら笑う。

「お前、いくら何でもそりゃ、不自然だろ」

「本当に作りすぎちゃったの！」

「しかもこれ、靴下じゃねえか」

「最初は確かに手袋の予定だったんだよ」

実果の手元で、ふかふかの毛糸が揺れている。目はあまり整っていないけれど、何とか編み上がっている。おっちゃんの鉢巻《はちまき》と同じ、白字に青いラインが通ったデザインだ。おそるおそる実果は聞いた。

「受け取ってくれる？」

おっちゃんは目を伏《ふ》せ、軽く額を拭うと、丁重に両手を差し出した。

「ありがとな。嬉しいよ」


その日、実果が母と囲んだ夕食は、いつもより少し豪華だった。見慣れないイタリア料理を前にして、仕事帰りの母は目を丸くした。

「今日は何か特別な日なの？」

実果は首を横に振る。

「バイト先で余ったから、もらってきただけ」

そして、にやっと笑った。

「ふつうの日、だよ」

6

毎日が誰《だれ》かの誕生日

のし、のし。

そんな音が聞こえてきそうな歩き方で、早朝の街に男がやってくる。体格が良く、特に肩《かた》や背中のあたりは、人並み外れてがっしりとした肉付きだ。相当鍛《きた》えているか、過酷《かこく》な肉体労働を重ねなければこうはならない。への字の口。げんこつせんべいのような額、鼻、顎《あご》。腕《うで》も足も太く、大股《おおまた》を開いて地面を踏《ふ》む。霜柱《しもばしら》がざくっと音を立てる。ふうっと吐《は》いた息が、白く染まる。

やがてとある店の前で止まると、男は分厚い鉄のシャッターを摑《つか》んで持ち上げた。金属の音が響《ひび》き渡《わた》った。

　中に入り、冷たい水を物ともせず、念入りに手を洗ってから、奥《おく》の厨房《ちゅうぼう》へ。小さめの簞《たん》笥《す》ほどもあるオーブンのスイッチを入れる。こいつは温まるまでに小一時間はかかるから、早めに起こしてやらねばならない。次に冷房のスイッチを入れる。設定温度は二十度。少し寒いくらいでなければ、商品が傷《いた》んでしまう。

　部屋のこっちでは温め始め、あっちでは冷やし始めた。毎日のことながら、何だか不思議な気もする。

　男は少し首を傾《かし》げてから、厨房を出てロッカーを開けた。上着を脱《ぬ》ぎ、真っ白の服に着《き》替《が》えると、最後に細長い帽子《ぼうし》を丁重に取り出し、そおっと……音もなく頭にかぶった。

　コック帽である。

　鏡に映った自分を睨《にら》みつけ、ふんと一つ鼻息を吹《ふ》く。

　それが仕事開始の合図だ。ずかずかと厨房に突《つ》っ込《こ》んでいく。スプレーボトルを二丁拳《けん》銃《じゅう》のごとく構える。目にも留まらぬ速さで銀色の台に乱射する、シュパシュパシュパ！

と、今度は清潔なふきんで丁寧《ていねい》に……ゆっくりと……食品用アルコールを広げつつ……拭《ふ》いていく。

次！

何十種類もある小麦粉の袋《ふくろ》から一つを選び、タライのように巨大《きょだい》なボウルにあける。片手に二つずつ卵を持っては割り、持っては割る。牛乳、バター、砂糖、ハチミツ、バニラビーンズ、次々に材料を取り出しては並べ、そして！

一つ一つそっと秤《はかり》に載《の》せ……息を止めて目盛りを見つめ……慎重《しんちょう》に量ってから……。

順番にボウルにぶち込む！　かき混ぜる！　こっちのボウルでは空気を入れないよう、ぎゅっ、ぎゅっとヘラで押《お》し切《き》るように。あっちのボウルでは気泡《きほう》がたくさんできるよう、泡立《あわだ》て器《き》で手首のひねりを利かせながら。太い腕に血管が浮《う》き上《あ》がり、額に軽く汗《あせ》が滲《にじ》む。

最後に手で直接生地をこね、手触《てざわ》りを確かめる。目を閉じ、ボウルに手を突っ込んだまましばらく考え込んだ。やがて袋《ふくろ》から少しだけ小麦粉を取り出し、ほんの僅《わず》かにボウルにくわえ、もう一度混ぜると頷《うなず》いた。

こういう微調整《びちょうせい》は欠かせない。空気が湿《しめ》っぽい日もあれば、乾《かわ》いた日もある。牛乳が水っぽい時もあれば、卵の弾力《だんりょく》が強い時もある。それでも完成品は毎日、同じ味でなければならないのだ……なるべく。

ひょいと片手で一つずつボウルを持ち上げ、一つは冷蔵庫に。もう一つは傾《かし》けて銀色の型に流し込むと、鉄板に並べてオーブンに入れ、扉《とびら》を閉じた。

さて、美味《おい》しいパウンドケーキが焼けるまで一休み……。

とはいかない、次！

生クリームをかき混ぜる。昨日焼いておいたタルト生地を出す。クリームを絞《しぼ》り、カットした果物を飾《かざ》り、艶《つや》出しのゼリーを刷毛《はけ》で塗《ぬ》る。同時進行でいくつものお菓子《かし》を作っていくのだ。できあがったらトレイに載せて運び、ショーケースに並べる！

ショートケーキ、チョコレートケーキ、シュークリーム、フルーツタルト、ミントムース、モンブラン、チーズケーキ、かぼちゃプリン。色とりどりで、艶めいていて、まるで宝石箱のよう。

並べ終わると男は少し離《はな》れてショーケースを見つめる。何歩か横に歩いてからまた見つめる。しゃがんでから見つめる。背伸《せの》びして見つめる。その目は真剣《しんけん》そのもの。獲物《えもの》を狙《ねら》う虎《とら》のよう。時々ショーケースに手を突っ込んで位置を直し、また見つめる。

どこからどう見ても、ケーキたちが格好良く整列しているのを確かめると、ようやく納得したように頷いた。

今度は壁際《かべぎわ》の棚《たな》を開き、箱を取り出す。中にはクッキーやサブレなど、個包装された焼き菓子がどっさり詰《つ》まっている。箱ごとレジの横まで持ってくると、一つを摘《つ》まみ上《あ》げた。

そして優しく……割れないように……上から見れば花、横から見れば塔《とう》の形になるよう、螺旋《らせん》を描《えが》いて……積んでいく。今日の営業が終われば崩《くず》し、明日また積み直す。埃《ほこり》が積もっていては台無しだ！　賞味期限を示すシールが剝《は》がれていれば、新しいものをぺたりと貼《は》る。

三つの塔を完成させると、男はまたも時間をかけて遠巻きに観察した。さらにお店の中をしらみ潰《つぶ》しに眺《なが》めて回り、掃除《そうじ》が行き届いているのを確かめてから、外に出る。

「準備中」の札をひっくり返す。「やってます」という文字が揺《ゆ》れる。

最後に木でできた看板を持ってくると、店の前にそっと置いた。リスの人形が四隅《よすみ》に配置され、手書きの可愛《かわい》らしい文字が並んでいる。

「洋菓子屋『どんぐり』お誕生日ケーキ承《うけたまわ》ります」

男は何やら恥《は》ずかしそうに身を縮め、あっという間に屋内に引っ込んでしまった。

お昼過ぎ。

平和な商店街に、金属を叩《たた》くような激しい音が響き渡っている。通りすがりの何人かが、思わず足を止め、そのお店を覗《のぞ》き込《こ》んだ。

見たところ可愛らしい作りである。赤い煉瓦《れんが》屋根。緑の蔦《つた》の張《は》り巡《めぐ》らされた柵《さく》。開いた門から足を踏み入れ、石畳《いしだたみ》を歩いていけばパンジーの花壇《かだん》が左右からお出迎《でむか》え。やがてお洒落《しゃれ》なアンティークランプと、白い木製の扉に取り付けられたドアベルが見えてくる。

まるで絵本の一ページのよう……だが、轟音《ごうおん》はずっと続いている。

「喧嘩《けんか》かね」

「いや、強盗《ごうとう》かもしれん」

不審《ふしん》がる人たち。中には訳知り顔で歩き去る人もいる。ふと、ランドセルを背負った女の子がすたすたと敷地《しきち》に入っていくと、躊躇《ちゅうちょ》なく入口の扉を押した。とたん、金属の音がぴたりと止んだ。

「こんにちは、ケーキ屋さん」

女の子はショーケースの向こうに話しかける。仏頂面の男が奥から出てくると、ぼそりと聞いた。

「また来たのか。学校は」

「今日は早く終わったの。ねえ、そろそろ弟子《でし》入りを認めてもらえない？」

「弟子は取ってない」

「じゃあ、いつもみたいに見学させて。いいでしょ」

男は顎で店の片隅を示した。女の子はそこに置かれている小さな椅子《いす》にちょこんと座り、厨房に声をかける。

「ねえ、さっきの音、なあに」

男は答える代わりに、銀色の四角い型を両手で掴《つか》み、ぐわっと振《ふ》りかぶる。そのまま作業台にがつんと叩きつけた。窓の向こう、不安そうな通行人の顔が、にゅっと飛び出す。

「わあ、パウンドケーキだ。どうして叩くの？」

「縮まなくなる」

男が型の内側に軽くナイフを入れる。中からしっとりと柔《やわ》らかいケーキが現れた。甘《あま》い香《かお》りがふんわり漂《ただよ》う。安心したように通行人の顔が引っ込んだ。

「うそ。お母さんが作った時、型を落としたら潰れちゃったよ」

「おそらく焼き不足」

男は取り出したパウンドケーキを網台《あみだい》に載せる。端《はじ》っこのほうを少しだけカットして味見。無表情のまま頷く。その時、ドアベルの音がした。買い物袋を持った女性が一人、店内に入ってきた。

「いらっしゃいませ」

のしのしと出ていく男。ことん、という音に女の子が気づくと、手元にパウンドケーキの端っこが一切れ、皿に載って置かれていた。

「夕方までに誕生日ケーキ、お願いできるかしら」

女性が聞く。

「ええ。チョコとバナナですか」

男は低い声で応じる。

「そう、いつものチョコバナナで。今回は、このサイズを一つでいいわ」

「五号ですね。イラストなどは」

「なしで大丈夫《だいじょうぶ》。あ、チョコのプレートは二枚ください。片方には、ゆうくんおめでとう、と」

「毎度どうも」

「よろしくね」

引《ひ》き換《か》え証を受け取り、女性は出て行った。男は注文をメモした紙を手に、にこりともせず奥に引っ込んだ。


「私、大きくなったらケーキ屋さんになるんだ」

女の子はショーケースの横で、小さな机に漢字ドリルを広げて鉛筆《えんぴつ》を動かしながら、一人で喋《しゃべ》っている。時々遊びに来ては宿題をしていくこの少女をどう扱《あつか》ったものか、男にはわからない。

「だってケーキ屋さんになれば、毎日ケーキが食べられるでしょ？」

男ははたと立ち止まる。

ちょっと誤解があるんじゃないか。

だが、すぐに考え直す。

確かに毎日ケーキを味見する。間違《まちが》いではない。

また動き出し、厨房の奥、棚へと手を伸ばす。

「それにケーキって可愛くて綺麗《きれい》で、見ているだけでも楽しくなるもんね」

男の手がぴたりと止まる。

それはお客さん側の感覚でしかない。

だが、思い出す。

自分も最初はそんな気持ちで製菓学校に入った。

結局男は無言のまま、棚からレシピ帳を取り出した。大量のメモ用紙をバインダーでまとめたつくり。メモ用紙はその時々で買い足しているので、色は赤、黄、青、緑、というようにばらばら。耐水性《たいすい》のあるものを選んでいるが、ところどころ汚《よご》れや染みもある。

表紙には「誕生日ケーキ記録」とあった。端のほうをめくっていく。一枚一枚、男の無骨な字が並んでいた。

「新婚《しんこん》のご夫婦。奥さんの誕生日、ショートケーキ、サイズは三号」

メモに続いて、具体的なレシピが書かれている。

「甘さ控《ひか》え目希望、クリームの砂糖の比率は八パーセントに」

男は一つ頷き、今度は真ん中あたりに指を入れて開く。

「一歳《さい》の男の子と一緒《いっしょ》に食べられるケーキ。サイズは三号。好物はヨーグルト、バナナ、おせんべい。アレルギーなしとのことだが念のためクリームは豆乳。チョコレート、ハチミツは使用せず、砂糖とバター控えめ。デコレーションはおせんべいを使う」

また頷き、別のページを開く。それぞれのメモには年月日の記載があるだけで、お客さんの名前はない。だが、男の記憶《きおく》には残っている。

「旦那《だんな》さんの誕生日、三号サイズのモンブラン」

「奥さんの誕生日、ショートケーキ。三号。砂糖は九パーセントにしてみる。好評」

「二歳の男の子の誕生日ケーキ。レシピは前回と同じ、ただしサイズは四号」

「三歳、幼稚園《ようちえん》年少の男の子の誕生日ケーキ。前回と同じ、ただしクリームは牛乳。はしご消防車の絵を希望」

こうして順番に見ているのは、全て同じお客さんからの注文なのだった。

「一歳児用のケーキ。プレートには『みきちゃんおめでとう』」

「旦那さんの誕生日、四号サイズのモンブラン。渋栗《しぶぐり》希望」

「奥さんの誕生日、ショートケーキ。四号」

「四歳、幼稚園年中の男の子の誕生日ケーキ。最近チョコが好きになったそうで、チョコクリームとバナナ。空港用化学消防車と、蒸気機関車が並んでいる絵をリクエスト」

古いものから見ていくと、少しずつサイズや絵の内容が変わっていくのがわかり、まるで一つの家族の歴史を紐解《ひもと》くようだ。そして、前回のメモにはこうあった。

「切り分けると子どもたちが喧嘩をするので、最初から一つずつ分かれているものを用意。ショートケーキ、モンブラン、チョコバナナ、豆乳バナナ」

男は頷き、今回の注文のメモを改めて見た。

「いつものチョコとバナナで、五号サイズを一つ。プレートは二枚、一枚には『ゆうくんおめでとう』」

ふむ、と男は呟《つぶや》いて目を閉じた。光景が浮かんでくるようだ。

みんなで一つのケーキをたべたいな、と呟くお兄ちゃん。わたしもけんかしないよ、と胸を張る妹さん。じゃあそうしようか、ただプレートだけは一人に一枚あったほうがいいかな、と相談するお父さんとお母さん。

勝手な想像である。だが、男はいつにも増して真剣な顔で取り掛かった。

スポンジ、チョコクリーム、スライスバナナといった材料を準備し、ケーキを作っていく。合間にお客さんがやってくれば応対し、オーブンでクッキーが焼き上がれば取り出し、網台に並べ、余熱を取りながらである。

気をつけたのは、デコレーションのバランスだ。

なるべく均一《きんいつ》になるように。せっかくの日に、切り分けたケーキのどっちが大きいかで喧嘩にならないよう。

飾りに使う苺《いちご》は、いつもより慎重に吟味《ぎんみ》する。色、大きさ、形。一つ一つ秤に載せ、できるだけ重さも揃《そろ》えていく。数は当然、四で割り切れる数だ。チョコクリームの装飾《そうしょく》もきっちりと点対称《たいしょう》に。待てよ、今回は五号サイズだ。食べる量が増えたか、何日かに分けて食べるのか、友達でも呼ぶのか。念のため、苺は五や六でも割り切れる数にすべきか……。

男は作業台に覆《おお》い被《かぶ》さるようにして、ああでもない、こうでもないと手を動かし続けた。


日暮れが近い。

いつのまにか外よりもお店の中のほうが明るくなっていた。「終わった、終わった」と宿題を片付け始める女の子に、そろそろ家に帰ったほうがいいんじゃないか、と男が声をかけようとした時だった。

ドアベルが鳴り、あのお客さんが顔を覗かせた。

「注文したケーキ、できてるかしら」

「ええ」

男は厨房に取って返し、冷蔵庫から箱を取り出した。

レジの前に戻《もど》ると、女性と一緒に幼稚園の制服を着た男の子とお婆《ばあ》さんが待っている。

ベビーカーには二歳くらいの幼児の姿もあった。

「いかがでしょう」

みんなの前で箱を開く。一人ずつ順番に箱の中を覗き込み、わあ、と顔をほころばせた。

「美味しそう」

「早く食べたい！」

「僕が持つ、僕が持つ」

問題なさそうだ。男は内心ほっとしながらも、淡々《たんたん》とレジに数字を打ち込む。

「持ち運ぶお時間は」

「三十分くらいです」

ドライアイスを箱の左右に詰め、ひっくり返りにくいように台を補強する。袋に入れて身を屈め、そおっと男の子に差し出す。男から滲み出る迫力《はくりょく》のせいか、あるいは責任感のためか、男の子はちょっと不安な様子。見かねてお婆さんが割って入る。

「おばあちゃんが持とうか。ゆうくんは、こっちの鞄《かばん》を持ってくれる？」

「うん」

無事に引き渡し、男も胸をなで下ろす。

「いつもありがとう」

「毎度どうも」

会計を終えると、家族は連れ立って出て行った。

「ケーキ屋さんって、本当に楽しいお仕事だね」

女の子がすぐ足元でこちらを見上げている。

「だって人に喜ばれることしかないもの」

そうだろうか。

男はしばし考え込んだ。

男にも失敗はある。味が悪いと文句を言いにきた客もいるし、苺が傷んでいたと怒《おこ》られたこともある。そういえばできあがったムースを運んでいる最中、転んでぶちまけたこともあった。甘い香りの中、一人で掃除するのは悲しかった。ああ、鍋《なべ》にたっぷりのカスタードクリームを焦《こ》がしてしまい、全部作り直したりもした。

「あの時は朝から晩まで、カスタードクリームを塗ったパンばかり食べていた」

「え？」

「そろそろ暗くなる。帰ったほうがいいんじゃないか」

「まだ大丈夫。ね、一日にどれくらいお誕生日ケーキを作るの？」

「日による。均《なら》すと二、三個か。十個作ったこともある」

「そんなに！」

女の子は目を丸くする。

「すごいなあ。ねえ、毎日誰かのお祝いをするのって、どんな気持ち？」

男は首を傾げる。

「別に何も。それが仕事だから」

すると、女の子はちょっと不満げに頰《ほお》を膨《ふく》らませた。

「もっと何かあるでしょ」

「早く帰るといい」

まだまだ仕事は残っている。客足が落ち着いてきたとはいえ、明日の仕込みもしなくてはならない。タルト生地やスポンジ生地を焼き、カスタードクリームを炊《た》いて、クッキーやサブレやマドレーヌを包装し、賞味期限のシールを貼らねばならない。

見た目は華《はな》やかでも、その裏では重労働。それがケーキ屋の現実である。

男は女の子に背を向け、厨房に戻った。

作業台にはレシピ帳が開きっぱなしになっていた。

男はしばらく黙《だま》って眺めてから、ぱらりと一枚めくってみる。また一枚。また一枚。めくってもめくっても、レシピが現れる。

思えばずいぶん作ったものだ。

色々な注文があった。誕生日を機会に、友達と仲直りするためのケーキを。お仏壇に供えたい。飼っているワンちゃんのために。自分を思いっきりお祝いするケーキが欲しい。似顔絵を描《か》いて。この写真をケーキにして。

驚《おどろ》かされたこともたくさんある。ゴミ箱のオブジェを載っけてほしいという注文。悪い冗談《じょうだん》かと思ったら、ゴミ箱を作る会社の社長の誕生日だった。クリームも卵黄もバターも使わず、大豆粉で作ってほしいという注文。大会に出るようなボディビルダーの誕生日だった。

男は何気なく、ぱらぱらとめくっていく。

一日違いの誕生日をどうしても祝いたいと、高校生二人が買いに来たことがあった。似ていながらも、全く同じは嫌《いや》だそうで、二人の好みに合わせてそれぞれドレンチェリーとアンゼリカ、クリームでアレンジした。

家族向けのチョコレートケーキ。これから妻と息子のために、唐揚《からあ》げを山のように作ると言っていた。三温糖とラズベリージャムを使ってさっぱり目に仕上げた。

お婆さんが買いに来た、入院患者《かんじゃ》さん向けの差し入れ。盲腸《もうちょう》の手術のあとでも食べられるもの、というオーダーには一瞬《いっしゅん》ひるんだが、病院食は一般食《いっぱんしょく》のようなので普通《ふつう》にショートケーキとシュークリームを。ただし、匂《にお》いが強すぎないように気をつけた。

小学五年生の男の子へのケーキ。お母さんが言うには、うちの子はこだわりが強く、ケーキにも由来がないと納得しないとのこと。誕生日ケーキの起源を図書館で調べた。作ったのは古代ギリシャ風、月の女神《めがみ》アルテミスをイメージした丸いハニーケーキ、蝋燭《ろうそく》とセットで。吹き消した煙《けむり》が天を登り、神様に願いを届けてくれる……といった伝承資料のコピーつき。

近所の八百屋さんにも作った。親子揃って桃《もも》好きだというので、いい桃を届けてもらってレアチーズケーキに載せた。店頭にも置いたところ人気が出たので、それ以来定期的に果物を注文している。

——毎日誰かのお祝いをするのって、どんな気持ち？

男はふん、と軽く鼻息を吹く。

ケーキを作る。俺《おれ》の仕事はそれ以上でも以下でもない。

レシピ帳を閉じ、棚に戻そうとした。

あっ。

手が滑《すべ》って、落としてしまった。慌《あわ》てて拾おうとした男の腰《こし》が、どしんと棚にぶつかる。

はっと振り返った時には、もう遅《おそ》かった。

そこにはレシピ帳が何冊も並べられていた。ここにお店を作った時から十五年間、ずっと書き続けてきた記録だ。

男は見た。

レシピ帳がいっぺんに棚から飛び出す。その拍子《ひょうし》にバインダーが緩《ゆる》んで開く。空中でメモ用紙が四方八方に飛び散った。

赤、黄、青、緑。色とりどりの紙が何百枚、何千枚と頭上から降り注ぐ。それぞれ全く異なる軌道《きどう》を描いて。いくつかは、ひらひらと泳ぐがごとく。いくつかは、すとんと急降下。いくつかは、ふざけ合うように隣《となり》とぶつかりながら。

思わず目を見張った。

それは桜の花びらが降り注ぐように見えた。揺れる木漏《こも》れ日《び》にも見えた。赤や黄に染まった落葉にも、静かに降り積もる雪にも見えた。一日ずつ歩いてきた時間が、一枚ずつ誰かの喜びを願って綴《つづ》った言葉が、祝福の紙吹雪《ふぶき》となって男を包む。厨房の中、虹《にじ》色の夕イムトンネルを通《とお》り抜《ぬ》ける。

束の間、男は我を忘れて見入ってしまった。

最後の一枚がはらり、と床《ゆか》に滑り降りてくる。

「大きな音がしたけど、大丈夫?」

女の子の声が聞こえる。

「大丈夫だが」

男はあたりの惨状《さんじょう》を見回して、ため息をついた。

「まだ時間があれば、片付けを手伝ってくれないか」

ぴょこんと女の子が厨房に顔を出した。そして散らばった紙の山にひとしきり驚いたあと、にっこりと笑った。

「やっぱり弟子が必要なんじゃない？」


メモ用紙を拾い終える頃《ころ》には、外はすっかり暗くなってしまった。

「遅くなって、ご両親が心配しているんじゃないか」

ランドセルを背負った女の子を、男は店の入口に立って見つめる。

「平気。今日は六時までに帰る約束だから」

男が壁掛《かべか》け時計《どけい》を確かめると、五時五十五分である。

「私の家、あそこだもん」

すぐ目の前のマンションを指さして女の子は笑う。

「そうか」

「ケーキ屋さんはまだ帰らないの」

「明日の仕込みがあるし、掃除もある。レシピの整理もしなければ」

「何時くらいに終わるの」

「今日は十時過ぎまでかかるだろうな」

「忙《いそが》しいんだね」

男は頷く。紙袋を持ってきて、そっと女の子に渡す。

「手伝ってくれたお礼だ」

覗き込んだ女の子はわあ、と歓声《かんせい》を上げた。中には焼き菓子がたっぷり詰まっている。

「ありがとう。じゃあ、また来るね」

大切そうに紙袋を胸の前に抱《だ》き、女の子は街灯に照らされた石畳を歩き出す。男が見送っていると、途中《とちゅう》で振り返って叫《さけ》んだ。

「ねえ、ケーキ屋さん。いつ、弟子にしてくれるの?」

「中学を卒業したらな」

男の呟くような声でも何とか聞こえたらしい。女の子は指を折って何か数えてから、嬉《うれ》しそうに手を振った。

「それまであと六回、お誕生日ケーキが食べられるね」

何だ、その数え方。

男はくすっと笑った。

みんな、誕生日ケーキが好きなんだな。

振り返ると自分の店がある。宝石のようなお菓子がたくさん並んでいる。どこかの誰かを笑顔にするため、手に取られるのを今か今かと待っている。

ま、悪くない仕事だ。

だが、男の表情が緩んだのはほんの一瞬だけ。すぐにいつものしかめっ面に戻ると、のし、のしと店に入る。ぱたんと閉じた扉の前で、看板が優しい光に照らされている。

「お誕生日ケーキ承ります」の文字が、ほんのりネオンサインのように浮かび上がっていた。

二宮敦人
にのみや・あつと

1985年東京都生まれ。作家。『!(ビックリマーク)』(アルファポリス)でデビュー。作品に『最後の秘境 東京藝大――天才たちのカオスな日常』『ぼくらは人間修行中――はんぶん人間、はんぶんおさる。』(以上、新潮社)、『世にも美しき数学者の日常』(幻冬舎)、「最後の医者は桜を見上げて君を想う」シリーズ、「郵便配達人花木瞳子」シリーズ(以上、TOブックス)、『サマーレスキュー 夏休みと円卓の騎士』(文藝春秋)などがある。

中田いくみ
なかだ・いくみ

画家、漫画家。漫画に『かもめのことはよく知らない』『つくも神ポンポン』(以上、KADOKAWA)、書籍装画に「ぼくはイエローでホワイトで、ちょっとブルー」シリーズ(新潮社)、絵本に『スープとあめだま』(岩崎書店)などがある。

初出
児童文学総合誌「飛ぶ教室」
第73号(2023年4月)~第78号(2024年7月)
単行本化にあたり、加筆修正しました。

飛ぶ教室の本
今日も誰かの誕生日

2024年12月7日　初版第1刷発行

作　二宮敦人
絵　中田いくみ
装丁　城所潤
発行者　吉田直樹
発行所　光村図書出版株式会社
〒141-8675　東京都品川区上大崎2-19-9
電話　03-3493-2111(代表)
印刷所　株式会社加藤文明社
製本所　株式会社難波製本

Printed in Japan　ISBN978-4-8138-0668-4